CB034268

CONVERSA DE DOIS JOSÉS

CONVERSA DE DOIS JOSÉS

JOSÉ CARLOS SEBE BOM MEIHY

entrevista

JOSÉ MINDLIN

imprensaoficial

GOVERNO DO ESTADO DE SÃO PAULO

Sumário

Conversa de Josés

Ler estas falas de nosso pai reacende o prazer de conversar com ele. Tive agora essa surpresa, mesmo tendo percorrido o texto dezenas de vezes ao longo do tempo. Pude acompanhar o esmero de José Carlos Sebe Bom Meihy ao transcrever as entrevistas, fazendo-as fluir com o estilo de papai, que se gabava de escrever como quem fala, sem perder uma linguagem elaborada. Com arte única e obra modelo de história oral, José Carlos ouvia e reouvia as gravações, alterando a escrita a cada nova audição – isso por vários anos. Precisava da voz do entrevistado para ser fiel e a trouxe a nós, com tom e forma impressos. A ele os nossos agradecimentos por ter se dedicado tanto a esse diálogo, no qual se criaram laços de amizade e confiança. Eu não ouvi os registros das três entrevistas, mas segui todas as versões no papel, juntamente com Diana; demos apenas poucas sugestões e elucidamos um ou outro ponto. Fez-se em livro a fala, sem áudio.

Em torno dos livros e da biblioteca, surgem nos encontros assuntos variados, que vão criando um enredo. Histórias de família, línguas aprendidas, começo da coleção e dons para negociar do menino sem dinheiro, o que é ser judeu, o salto da biblioteca com o empresário, então capaz de comprar mais raridades, os ideais humanitários e as posições políticas, a admiração por escritores, as viagens, sobretudo a primeira internacional, para buscar o navio Almirante Saldanha. Nas centenas de conferências, prefácios, textos publicados, entrevistas impressas ou filmadas, no livro *Uma vida entre livros: reencontros com o tempo* e em outros menores, no conjunto das expressões de nosso pai, muito do que está nesta conversa aparece. Mas aqui há um fio narrativo, a escolha de aspectos que são como um voo rasante pela vida. Faltam fatos, detalhes, não se trata de uma autobiografia exaustiva. Muitos grandes amigos, bem como os visitantes e pesquisadores da biblioteca não foram citados e poderão ficar desapontados por não encontrarem seus nomes. Os livros, ciumentos como o entrevistado afirma serem, vão choramingar. Mas não deviam, têm espaço privilegiado nos *Destaques da Biblioteca In-Disciplinada Guita e José Mindlin*, também no catálogo da exposição no Museu Lasar Segall em 1999, *Não faço nada sem ALEGRIA, a biblioteca indisciplinada de Guita e José Mindlin*, ou no extenso catálogo *on-line* da Biblioteca Brasiliana Guita e José Mindlin, na Universidade de São Paulo. Não caberiam em uma lista sucinta. José entrevistador leu tudo que encontrou sobre seu xará entrevistado, trabalhou demais e, sem interferir, obteve um relato coerente, sedutor.

Creio ser necessário observar como mudou a conotação de certos termos. Nosso pai escolhe “liberal” para qualificar sua visão da sociedade. O sentido nada tem a ver com o corrente em nosso tristíssimo 2020 e nos anos recentes, em que liberal costuma se opor a interesses coletivos, à luta por igualdade e justiça, à tolerância, e implica o primado do mercado e do indivíduo. A nosso pai foram poupadas as tragédias atuais, e não quero falar por ele. Tenho escrúpulos de juntar à sua memória o meu sentimento de indignação pelo que hoje atravessamos. Mas dele e de nossa mãe herdamos a lição de responsabilidade social, da fugacidade dos bens materiais, da injustiça que é a concentração de renda e propriedade. Sempre afirmou que o empresariado deveria agir para corrigir tais males, deveria reconhecer e saldar a imensa dívida social para com os destituídos. Papai nunca entrou em um partido, nunca foi comunista, muito menos anticomunista. Rousseau era uma de suas inspirações. Adorava o livro *Ten days that shook the world* [*Dez dias que abalaram o mundo*], de John Reed. Viajou à China, à Rússia (ainda União Soviética) – falava russo –, a Cuba e, que eu saiba, foi um dos primeiros empresários, na época da ditadura militar, a desejar conhecer esses países. Voltava muito contente, orgulhoso de seu pioneirismo, embora condenasse toda forma de repressão e violência. Lembro-me de quando veio me visitar no duro inverno da Cornell University em 1965, usando uma *chapka*. Eu o qualificaria de libertário, não sei se aceitaria. Talvez, já que ele tolerava essa filha tantas vezes intolerante...

Betty Mindlin

São Paulo, abril de 2019

O fio da conversa

Para quem trabalha com entrevistas é sempre problemático definir preferências. Ouve-se inclusive que feliz é o entrevistador que não consegue escolher em vasto plantel. Coloco-me entre os que sempre têm dúvidas, mesmo sendo capaz de escalar as melhores. Este, aliás, é o caso. O conjunto de três extensas gravações com José Mindlin, realizadas ao longo de 2003 (15 de junho e 22 de outubro) e 2004 (3 de abril), e o acompanhamento de conversas esparsas, textos e publicações – além de repetir por três vezes o clássico reconhecimento dos livros dispostos nas prateleiras de sua casa/biblioteca –, permite colocar essas conversas em postos privilegiados. E não haveria de ser de outro modo, pois a combinação do personagem com o tema e sua inscrição em espaços mais amplos, fizeram desta uma experiência distintiva.

Com mais de trinta anos na prática de história oral, estava alertado para desafios que dimensionavam aventuras como estas, ameaçadas principalmente pelo risco de seduções, pois, afinal, falava com um narrador conhecido por encantar. Entre tantas possibilidades, perguntava-me, que tipo de entrevista fazer: história oral de vida? Tematizar o nexo vivencial de empresário bem-sucedido com os livros? Enfocar o sentido da biblioteca entre o uso público e o privado, entre um colecionador zeloso e cidadão aberto ao alcance de usuários? E não era só o critério diretor das entrevistas que preocupava. Sobretudo, uma inquietação se mostrava inevitável: como entrevistar um dos personagens mais visitados daquela atualidade? O que de novo conseguir? Por onde começar? Reinava em minha certeza a vontade de ir além de colagens previsíveis, e, mais que tudo, no lugar de estabelecimento de um texto que juntava fatos, enumerava livros, pretendia entender os intrincados mecanismos que levaram um colecionador a transformar um valiosíssimo montante de livros em bem comum, disposto atualmente na Biblioteca Brasiliana Guita e José Mindlin, na Universidade de São Paulo.

Delineado o critério de escolha, estava claro que não se trataria de depoimento convencional, daqueles que engrossariam a lista de mais um. Definida como conversa, tentaria buscar motivações subjetivas e argumentos capazes de, nas continuidades ou sequências dos acontecimentos, integrar outros fatores além do protagonismo do enredante interlocutor. Tive que prestar atenção nos melindres da fraternidade coloquial e das experientes falas de alguém que, como poucos, aprendeu os meandros do discurso suave, mas carregado de potencialidades a serem convocadas. Estava precavido da mágica narrativa de José Mindlin, da generosidade daquela figura perspicaz, firme, convicto, dono de acessibilidade fluida e afetuosa, mas sentia de maneira quase instintiva que ele tinha algo mais a dizer e que eu poderia ser o mediador. Era a minha chance. Precisava ultrapassar a sutileza de José Mindlin e escavar detalhes para entendê-los na intimidade de quem materializava um sonho situado na fronteira do privado, aberto naquela oportunidade para um público. E perceber a nobreza dessa passagem demandava notar além dos atos protocolares, entender os móveis interditos daquele gesto. O momento era oportuno.

Meu primeiro impulso foi identificá-lo em sua casa/biblioteca. Ensergar isso além de uma fusão prática – seria a biblioteca parte da casa, ou, pelo reverso, a casa seria parte da biblioteca? – implicava relacionar os elementos daquela equação que, afinal, se fazia nos limites de um lar. Aliás, desde a guarda dos primeiros livros e da licença dada pelo irmão mais velho, poder-se-ia perguntar se a biblioteca, ainda embrionária, era parte da casa paterna. E, já mais tarde, na composição de seu próprio nicho, qual o papel da esposa Guita, tão referenciada? E dos filhos? Dos amigos cultivados como capítulos preciosos de outro livro a ser escrito? E dos usuários, que dizer? E depois da Universidade de São Paulo como casa pública dos livros?

Como chave natural os contornos da história pessoal dariam rumo às conversas, mas isso não bastaria, pois ficava latente a importância da interlocução. Mas não de qualquer interlocução. Não de uma interlocução sem alma. Em minha presença haveriam de cintilar as conexões e nelas notar comprometimentos que iam além dos fatos. Sim, foi na transposição de um assunto para outro que se fez a novidade desta entrevista longa. Ah, as conexões! Estava ciente de que não poderia deixá-lo falar como narrador pleno, dono de uma história já estabelecida. Eu tinha que intervir para a compreensão das tais ligações. Ele não poderia falar sem estímulos medidos no pulso exato daquele momento de transição. Vali-me, pois, de questões amplas, gerais mesmo, mas que carregavam possibilidades de articulações que não se perderiam no encadeamento do tempo. Entender o pretérito naquele presente exigiu mexer no tempo da "memória presentificada". A biblioteca fazia 80 anos... José Mindlin já pensava no destino dela. Foi assim que se abriu uma estrada prometedora e que tudo explicava: a trajetória de emigrantes judeus russos; os procedimentos religiosos e culturais de um clã redefinido numa Pauliceia que se anunciava metrópole; as etapas de sua atividade profissional, iniciada no jornal; os amigos; o papel do empresário no âmbito das transformações do mundo capitalista, e, em meio a tudo isso entender o significado dos livros inscritos nos dilemas encerrados naquele momento especial e único. Tudo sem trair a tranquilidade modulada pela leveza das amenidades factuais que, de forma feiticeira, enlaçavam motivações recolocadas como explicativas graças à interlocução.

É claro que a soma de quase vinte horas de conversas, nas gravações feitas em dias diferentes, continha repetições, complementos, retomadas, detalhes que foram resolvidos no processo de transcrição. Após este ser realizado, soluções foram buscadas para que resultasse um texto corrido. Por entender o sentido da indução contida no significado do momento da gravação, na passagem do oral para o escrito, as questões foram recolocadas, agora na ordem que dava sentido às mensagens. A reordenação das perguntas, portanto, se deu de maneira a tornar a sequencia lógica, sem perder a unidade e a graça dialógica, porém, mais do que isso, para que fosse mantida a épica implícita numa experiência de cunho social. Aliás, foi esta decisão que facilitou a saída do exclusivismo pessoal e familiar para o entendimento do papel do narrador na cultura mais ampla. Por certo, muito ficou fora do pretendido. A supor uma história geral da Biblioteca Brasiliana Guita e José Mindlin, imagina-se que estas entrevistas sirvam de preâmbulo a uma atitude emoldurada na grandiosidade de uma coleção que se abre para o público depois de oitenta anos de zelo familar.

José Carlos Sebe Bom Meihy
Rio de Janeiro, maio de 2019

A conversa

A biblioteca como prefácio

JC. Estou aqui para conversar com o senhor sobre sua biblioteca, sobre a coleção de livros que possui, mas sobretudo a respeito de sua relação com o material que constitui a coleção "Guita e José Mindlin". Antes, deixe-me consultá-lo: como gostaria de ser chamado?

JM. Ora, se vamos falar sobre a biblioteca e a forma de meu relacionamento com os livros, temos que estabelecer uma proximidade, uma parceria. Assim, podemos nos entender melhor. Pode me chamar simplesmente de José, aliás, somos dois Josés, portanto esta é uma conversa de amigos com o mesmo nome.

JC. É verdade, somos Josés. Temos ainda mais uma coincidência: seu nome de família é Mindlin, começa com M, e o meu é Meihy, também com M. Então, para facilitar a vida dos nossos leitores, vou chamá-lo de JM, e adotar para mim JC.

JM. Boa coincidência essa, mas por onde quer começar?

JC. O número de entrevistas suas sobre a biblioteca é enorme. Talvez esses relatos sejam dos mais numerosos que temos no panorama nacional. Eu gostaria de saber o que ainda falta dizer, o que não foi contado e o que gostaria de acrescentar a toda a memória já estabelecida.

JM. As perguntas que me fazem são sempre parecidas: como foi o início, quais os primeiros livros comprados, os mais importantes, coisas desse tipo. Creio que há uma natural curiosidade em saber como tudo começou e como as coisas foram ganhando forma até chegar ao ponto em que estamos hoje. É, sim, importante mencionar o começo. Há, contudo, muito mais o que dizer.

JC. Então vamos lá: como apresentaria a biblioteca? Imagino ser complicado expor ao público o resultado de tanto empenho e dedicação.

JM. É verdade... A biblioteca tem hoje 80 anos, quase uma vida. E que vida! É difícil pensar em sua raiz, pois houve momentos importantes de crescimento e de decisões qualitativas. Em primeiro lugar, devo dizer que ela não foi planejada e que nunca imaginei que cresceria tanto.

JC. Seria mesmo apenas uma aventura pessoal, um gosto pela leitura, ou havia uma semente guardada, pensando o futuro?

JM. A biblioteca aconteceu, sem eu notar, sem governo. Foi se formando quase que naturalmente, como se tivesse vida própria. Diria, contudo, que na verdade nem sequer começou como biblioteca. Tudo se iniciou pelas leituras rotineiras, simples reunião de livros que passaram pelas minhas mãos na infância e continuaram pela vida afora. Olhando hoje, nem acredito na força daquele impulso inicial. Mas tudo está aí. Os livros exigiram isto. A biblioteca foi acontecendo...

A vida é um conto

JC. Quantos anos tinha quando começou a juntar os livros? Diria que tudo se relaciona com sua "história de leitor"? Quais as inspirações ou modelos que teve?

JM. Pois é, virei leitor precoce e nisso houve pelo menos uma influência fundamental, determinante, do meu irmão Henrique, o mais velho dos quatro. É difícil falar do Henrique, porque, além de irmão, foi, durante a vida inteira, grande amigo, mentor, um modelo completo. Havia uma troca constante entre nós, uma cumplicidade marcada pelo prazer da leitura. Estávamos sempre muito juntos e com isso foi se construindo um jeito de saber, uma influência benéfica e de construção mútua. Havia, porém, algo de curioso em nosso relacionamento intelectual, pois algumas coisas que ele lia aos 16, eu lia aos 12 anos. Um exemplo é Alexandre Herculano, que me caiu às mãos muito cedo: *Lendas e narrativas.* O mesmo se deu com outras obras do Herculano, que eu li aos 12, 13 anos...

JC. Mas como se davam essas trocas? Qual era o teor das conversas?

JM. Eu lia e depois discutia com Henrique que, aliás, tinha opinião formada sobre várias áreas do conhecimento. E em literatura não era só Herculano, não... Hoje, olhando para trás, me surpreende que tenha lido tão cedo autores como Salomon Reinach, que era um pensador muito em voga naqueles anos, na década de 1920. *Orpheus: Histoire générale des religions* e *Apollo: histoire générale des arts plastiques* foram alguns dos textos de Reinach que li muito cedo, e em francês.

JC. Em francês? Garoto ainda? Por que francês?

JM. Francês é até hoje minha segunda língua, e devo isso principalmente a uma governanta que tivemos porque éramos quatro crianças a serem educadas. Desde meus 6 para 7 anos - lembro-me bem - havia alguém que nos tutorava em casa, uma senhora russa que falava um francês perfeito. Perfeitíssimo, sem aquele terrível sotaque carregado dos russos, quando falam qualquer outra língua. Com ela nos comunicávamos unicamente em francês.

JC. Imagino o contexto da vida cotidiana em sua casa. Como se davam as relações familiares? Que língua falavam no dia a dia, em casa? Se a primeira língua era o português e a segunda, o francês, quer dizer que havia outras? Russo? Iídiche?

JM. A língua da casa era o português. Meus pais tiveram a sabedoria da adoção da língua portuguesa como "nossa". Entre eles, quando éramos crianças, falavam o russo. Eles não falavam iídiche, o que explica algo a respeito de nosso judaísmo, um tanto complicado de se entender. Meus pais não eram religiosos e, portanto, nós não seguíamos fielmente ritos e práticas judaicas. Nem acompanhávamos a rotina do que seria uma vida voltada ao judaísmo, apesar da consciência de sermos culturalmente judeus.

JC. Poderia discorrer mais sobre esse tema?

JM. Optamos por uma prática cultural discreta. Nunca pensamos em deixar de ser o que somos, judeus, mas não o assumimos como um programa religioso ou proposta de vida. Só que quando eu estava com quase 20 anos, começou a perseguição nazista, e aí a questão ficou mais complexa, porque, além de nosso histórico familiar, o combate ao nazismo se tornou uma causa de solidariedade e dignidade humana, algo que transcendia a nossa condição de judeus. E não poderíamos fugir do enfrentamento do problema, mesmo com seus riscos e desafios.

JC. Seria correto pensar que havia integração dos códigos linguísticos com o uso das línguas? Como funcionavam as línguas na rotina do lar? Havia uma hierarquia, preferências?

JM. O convívio com três línguas era instigante, porque o russo funcionava como língua reservada ou doméstica, usada apenas pelos meus pais, entre si; o francês, como língua cultural, e o português, para o contato comum. Acontece que o exclusivismo do russo logo ficou comprometido, porque, além da tal governanta, veio para cá um irmão do meu pai, com três filhos da nossa idade. Eles aprenderam o português e nos ensinaram o russo, fato que afetou a possibilidade de uma língua reservada, até porque passamos a entender bastante o que nossos pais conversavam.

JC. E o inglês? Pensando que o ambiente cultural da família era mais "clássico", de acordo com os modelos daqueles dias, o inglês não tinha tanta importância, certo?

JM. O inglês naquela época não era tão vital e nem fazia parte das expectativas mais importantes. O inglês eu aprendi mais tarde, meio naturalmente, já aos 15 anos. A princípio lia com a Doris, uma prima que era professora no Mackenzie College. Não posso dizer que fui muito aplicado no aprendizado da língua inglesa. Essa prima, por exemplo, se queixava muito por eu não estudar, não fazer as lições. Mas, por fim, aprendi razoavelmente o inglês. Acho que o primeiro livro que li em inglês foi *King Solomon's mines* [*As minas do rei Salomão*], de Rider Haggard. Livro que já conhecia na tradução portuguesa de Eça de Queiroz que, para nós, era mais importante do que o original em inglês. Em todo caso, tendo lido em português, li mais tarde em inglês e, assim, fui passando para outras coisas. Por fim, o inglês também se tornou uma língua familiar. Hoje posso dizer que falo inglês e francês correntemente...

JC. Isso indica habilidade para diálogo e aptidão para agregar pessoas de culturas diversas. O senhor transitou ainda por outras línguas?

JM. Sempre gostei de línguas e não só das vivas. Como estudei na faculdade de Direito com o Silveira Bueno, que era um professor excelente, fazíamos tradução e versão de textos em latim. Eu gostava muito, mas depois, como deixei de praticar, acabei esquecendo. Hoje, quando leio, dá para compreender o latim, pelo menos em parte, mas versão, por exemplo, eu não poderia sequer pensar em fazer. Grego, eu sempre sonhei aprender, mas nunca deu certo. Aprendi italiano quando estava no primeiro ano da faculdade de Direito. Spencer Vampré era nosso professor de Introdução à Ciência do Direito, mas suas aulas eram muito mais de cultura geral do que de Direito propriamente dito, e ele estimulava leituras, sempre insistindo conosco, um grupo particular de alunos, para aprendermos o italiano. Estudei formalmente italiano no Instituto Cultural Ítalo-Brasileiro, mas devo dizer que não falo bem. Eu me explico em italiano e até posso ler, mas não diria que domino.

JC. E o hebraico?

JM. Está aí um caso interessante. Meu pai, no princípio da perseguição nazista, quando da chegada de refugiados ao Brasil durante a Segunda Guerra, passou a dar mais importância à questão judaica. Assim, cismou que todos tínhamos que aprender o hebraico. Eu, contudo, tive uma reação forte, apresentei resistência. Nem sei explicar de onde vinha tamanha rejeição. No máximo aprendi o alfabeto, mas nas aulas, normalmente nos primeiros dois, três minutos, eu sofria um bloqueio total, absoluto, e assim não consegui aprender nada de hebraico. Meu irmão mais novo, Arnaldo, este, sim, aprendeu e depois passou a falar e ler correntemente. O mesmo aconteceu com minha irmã. O Henrique, eu tenho impressão de que aprendeu, mas superficialmente. Não tenho lembrança de nos comunicarmos em hebraico, mas todos assistíamos às aulas em conjunto: meus pais e os quatro filhos.

JC. E o espanhol, era usado?

JM. Além dessas línguas, o espanhol veio naturalmente. Eu participei de muitos debates que demandavam o uso do espanhol e isso me forçou a uma boa qualidade. Quando atuava na Federação das Indústrias do Estado de São Paulo [Fiesp], tínhamos os debates sobre a Associação Latino-Americana de Livre Comércio [Alalc], e isso me fez viajar para praticamente todos os países da América do Sul e o México. Mas não foi um aprendizado formal. Como muita gente, comecei por um "portunhol" e assim ia superando os entraves. Fiz muitas leituras de autores latino-americanos e isso me ajudou bastante. Hoje posso dizer que falo espanhol de forma razoavelmente correta.

JC. Houve ainda alguma outra investida em línguas?

JM. Devo dizer também que em certa época dei umas espiadas, por curiosidade, no esperanto, mas não cheguei a estudá-lo a fundo. Ah! Há também o alemão, que estudei um pouco, mas parei justamente durante a perseguição nazista: outro bloqueio... O alemão passou a ser um tabu para mim. Depois, já na advocacia, tive vários clientes refugiados alemães e então fui retomando o contato. Hoje acho que entendo alemão, ainda que não fale muito bem. Em suma, devo dizer que me sinto confortável em três línguas além do português: francês, espanhol e inglês. Sou mesmo capaz de passar de uma dessas línguas para outra, sem perturbações.

JC. O senhor vê alguma relação entre o fato de falar línguas estrangeiras e ter criado sua biblioteca? Qual o impacto das línguas na orientação da coleção?

JM. É bem possível que o convívio com línguas, de alguma forma, tenha orientado a compra de livros e influenciado a formação da biblioteca. Isso é muito provável, principalmente em relação ao francês, mas lembre-se de que falar francês não era privilégio ou exceção, porque até a Segunda Guerra a influência cultural francesa era predominante, de modo que a biblioteca foi crescendo na medida das minhas leituras, tanto em português quanto em francês.

JC. E o inglês, quando foi que ganhou importância para a coleção? O senhor chegou a desenvolver alguma habilidade para o aprendizado de línguas, algo como método próprio?

JM. O Henrique lia Shakespeare com ardor aos 17, 18 anos. Aí gostávamos de ouvir os discos, aqueles de vinil em 78 rotações, reproduzindo peças de Shakespeare com grandes intérpretes. Ouvíamos atentamente, acompanhando a leitura, e isso tornava os textos muito mais eloquentes, claros, porque ficando apenas na leitura, sem a sonoridade da língua, perde-se muito e nos fogem detalhes da pronúncia. Além disso, devo confessar que não consegui, nunca, desenvolver o hábito de procurar palavras que não entendia, no dicionário, imediatamente. Desde que entendesse o sentido das frases, me bastava. Ao longo dos anos e do convívio com o aprendizado de línguas, criei um método próprio, meu, de aprender: pelas conversas, pela música, pela sonoridade, por exemplo... O russo eu não falo corretamente, talvez porque tenha começado pela leitura, com muita dificuldade. Não aprendi a falar tão bem como a entender. Em suma, pensando a partir de hoje, vendo o meu passado, estou seguro de que a organização de minhas leituras dependeu sim, e muito, de certa hierarquia das línguas que falo.

JC. Pensando o momento inaugural da coleção, diria que algum autor em especial motivou suas escolhas?

JM. Diria que houve um autor que marcou época em minha formação: Anatole France, que li em francês. Acho que hoje em dia ele é um escritor injustamente desprezado. Anatole teve impacto sobre uma geração inteira, e sua influência para mim se deu na abertura de um senso crítico, de critérios de organização de ideias e de estabelecimento de princípios. Eu tenho assumido o peso dessas leituras publicamente e não é só ele, mas também Romain Rolland, que considero outro grande pensador. Em termos da formação da biblioteca, diria que essas leituras deram uma abertura para que a coleção fosse composta por um misto de crítica literária, literatura propriamente dita e, mais tarde, por outra grande vertente, me parece, a dos viajantes e as viagens. Em termos dos viajantes, há o predomínio daqueles de língua inglesa, de antes da Abertura dos Portos, mas eles não foram tantos. No coração da biblioteca, contudo, estão as ciências humanas: crítica, arte, literatura...

JC. Juntando os pontos, seria justo dizer que na raiz da coleção houve o cruzamento do interesse pela leitura com o conhecimento de línguas? Isso resultou em uma orientação que, mesmo sendo natural, teria caracterizado o progresso das aquisições?

JM. Eu uso sempre o conceito de "biblioteca indisciplinada" para dizer que a biblioteca foi se fazendo sem um plano predeterminado, rígido, lógico ou objetivo. Nesse sentido, lembro que, por exemplo, além de Herculano, que fertilizou meu gosto pela literatura, consideraria também fundamentais alguns textos franceses, certos livros infantis, e, nesse campo, ocupa um lugar muito especial a Condessa de Ségur. Em síntese e sendo rigoroso comigo mesmo e com minha história de leitor, devo reconhecer que a semente da biblioteca, acho eu, foram as leituras de Alexandre Herculano e a visão universalista e humanitária dada por Anatole France. Em termos literários, houve uma sequência consequente em língua portuguesa porque, logo depois, veio *O ateneu*, de Raul Pompeia, que, por sua vez, foi seguido pela leitura interminável, coisa da vida inteira, de Machado de Assis. Comecei a leitura de Machado aos 14, 15 anos, mas devo contar que antes de Machado li toda a obra do Visconde de Taunay, a começar pela *Retirada da Laguna* e *Inocência*, para depois passar por todos, um por um, de seus livros. Esse giro por autores brasileiros foi um aprendizado importante porque foi me educando para o entendimento da relação entre a narrativa e a linguagem. Creio que foi assim que aprendi a escrever coisas mais concretas. Isso tudo com pouco mais de 15 anos...

E tudo começou num jornal...

JC. E a vida fora do contexto familiar, como era? Seus contatos com o mundo também foram marcados por trocas culturais?

JM. Foi com 15 anos que entrei para a redação do jornal *O Estado de S.Paulo*, e, então, lá era importante escrever numa linguagem simples, objetiva, correta, acessível a um público médio. Acho que aprendi logo e isso me valeu para o resto da vida. Até hoje escrevo praticamente como converso. Acho até um pouco de graça quando as pessoas reconhecem – e Antonio Candido o faz – a minha escrita próxima do oral. Fico lisonjeado quando dizem: "Ah! O Mindlin escreve como fala e fala como escreve", e é verdade. Pessoalmente não gosto de escrita empolada, eu nunca uso esse tipo de fala ou escrita.

JC. E quais foram os primeiros desdobramentos desse encontro com o jornalismo? Este chegou a ser uma alternativa de vida profissional?

JM. Eu diria que as primeiras páginas consistentes que escrevi foram reportagens publicadas no *Estadão*. E logo de saída tive o retorno da experiência com língua estrangeira. Na redação, eu era o único que falava algum inglês e outras línguas. Isso sendo então ainda um menino de 15, 16 anos. Entrei para o jornal em maio de 1930 e, em setembro, dia 8, completei 16 anos. Mesmo garoto, as entrevistas com as personalidades "de fora", pessoas que falavam inglês ou francês, quem fazia era eu. E aí, como tinha que transcrever em português correto, logo aprendi a seguir aquelas regras imperativas do jornal. Eu não escrevia muito fora do trabalho no *Estadão*. Comecei a escrever mais assiduamente bem mais tarde, como advogado. Advoguei de 1936 até os anos 1950 e aí fazia, até por obrigação, arrazoados jurídicos em um português correto, objetivo e enxuto, mas sempre técnico.

JC. As redações de jornais, comumente, são muito congestionadas e isso geralmente formata os resultados, impõe ritmo de produção de texto. Como era seu comportamento na redação?

JM. Na redação eu era muito atirado, gostava de novidades e, por exemplo, me lembro de uma situação peculiar que equivaleu a um furo jornalístico. A história se deu assim: o Getúlio convidou um banqueiro inglês para fazer um diagnóstico da economia brasileira – naquele tempo, se não me engano, o registro da dívida do Brasil estava em Londres e não com as autoridades brasileiras. A pessoa escolhida foi sir Otto Niemeyer, que deveria vir a São Paulo num determinado dia previamente divulgado, mas, na véspera, houve um concerto no Theatro Municipal. Tratava-se de uma banda escocesa e eu fui a esse concerto, onde por acaso encontrei o cônsul inglês, pessoa que conhecia com familiaridade por meio dos contatos jornalísticos. Isso era natural porque pelo jornal fiquei familiarizado com muita gente que de outra forma não teria jamais encontrado. Pois bem, batemos um breve papo e de repente ele me disse: "Bom, agora você me desculpe porque tenho que cumprimentar sir Otto Niemeyer...".

JC. Então a sorte o favoreceu... Podemos juntar o acaso com sua audácia...

JM. Sim, fiquei surpreso com aquele encontro casual, pois a vinda dele era esperada apenas para o dia seguinte. Deu-se uma coincidência providencial. Eu então, alerta, fiquei prestando atenção na frisa em que ele entrou e mais tarde fui até lá, discretamente, para não ser visto pelo cônsul... Esperei e, quando o cônsul partiu, eu, valente, bati na porta, entrei, dizendo que era jornalista, que queria cumprimentá-lo. Depois, com jeito, perguntei se ele concordaria em me dar uma entrevista, e ele foi muito simpático... Fiz uma boa entrevista e saí do teatro lá pelas 23 horas, indo direto para a redação, aonde cheguei com essa notícia. No dia seguinte, enquanto todos os jornais anunciavam "Chega hoje a São Paulo sir Otto Niemeyer", o *Estadão* dizia: "Tivemos a oportunidade ontem de conversar com sir Otto Niemeyer, que nos recebeu, com exclusividade, para uma entrevista". Enfim, essa foi uma das coisas marcantes na minha carreira jornalística – se é que se pode chamar isso de carreira...

JC. E houve outras situações como essa?

JM. Há outro caso que gosto de contar porque é bem pitoresco: um belo dia, veio a São Paulo um hidroavião que pousou na represa de Santo Amaro. Isso foi por volta de 1930, e imagine a novidade que era um hidroavião. Aquilo era um grande acontecimento para uns, mas, para outros, era uma bobagem. A imprensa foi convidada para visitar a máquina e, como os redatores mais velhos acharam que seria perda de tempo se abalar para ver a aeronave, lá fui eu mandado pelo secretário do jornal. A surpresa é que não era apenas para ver, mas também, e principalmente, para fazer um voo panorâmico sobre a cidade, e isso era um privilégio inimaginável... Então fui e participei do voo panorâmico. E que coisa sensacional, que maravilha foi ver São Paulo de cima! Os colegas da redação depois ficaram com muita inveja porque naquele tempo um voo assim era notícia e, então, escrevi uma matéria sobre a sensação da terra se afastando. Falar disso agora parece algo sem sentido, mas no fundo, enfim, são coisas que ficaram na memória.

JC. As redações naquela época eram bem diferentes, funcionavam como laboratórios políticos e culturais. Muitos jornalistas daquele tempo foram marcados por contatos importantes. Como foi sua experiência? Conheceu pessoas relevantes para seu futuro?

JM. Uma das grandes recompensas do trabalho na redação do *Estadão* foi meu encontro com Guilherme de Almeida. Ficamos amigos e com ele sempre mantive um misto de admiração e amizade. Também foi muito bom conhecer e estar próximo de Antônio de Alcântara Machado, que não era da redação, mas frequentava assiduamente o jornal. E havia ainda mais outras pessoas, entre as quais Alberto Santos Dumont, que também visitava sempre o jornal. Além desses, Léo Vaz, veterano jornalista, me acolheu muito bem e, da mesma forma, Sud Mennucci, autores que hoje estão esquecidos, mas que tiveram importância no seu tempo. Minha experiência no jornal, toda ela, foi de muita amizade e estímulo intelectual. Desde o começo, tudo resultou de convívio provocativo e dinâmico. Na verdade, éramos um grupo coeso e as relações de conhecimento tinham consequências importantes. Lembre-se, por exemplo, de que fui parar na redação por iniciativa de meu pai, que era muito amigo do Nestor Rangel Pestana, o qual, juntamente com Júlio de Mesquita Filho, foi um dos diretores. Aquelas amizades se desdobravam em outras mais e continuaram por muito tempo, envolvendo, inclusive, laços familiares.

JC. Então seu pai estava já integrado à sociedade paulistana, tinha relações importantes e inclusive com gente do jornal. Como era o convívio com os artistas, por exemplo?

JM. Sim, falar nesses contatos me leva a reconhecer o papel de meu pai na sociedade paulistana. Russo, ele chegou como emigrante ao Brasil em 1910. Papai gostava muito de artes, muito mesmo, especialmente artes plásticas. Profissionalmente foi dentista, e, diga-se, dos melhores de São Paulo, mas isso era mais uma solução de sobrevivência material, pois essa profissão não era uma coisa que o apaixonasse. Meu pai gostava para valer do mundo artístico e intelectual e, então, começou a frequentar exposições, salões. Foi assim que logo em 1912 ficou amigo do Nestor Pestana e do círculo artístico de São Paulo. Essa amizade continuou até a morte do Nestor: eles se tornaram íntimos, praticamente dois irmãos. O mundo artístico paulistano, apesar de intenso e dinâmico, era frequentado sempre pelas mesmas pessoas e por familiares que circulavam pela Sociedade Hípica Paulista, pelo Club Athletico Paulistano e também pelas salas do jornal. A família Pestana era muito influente e, além do Nestor, havia também o irmão, o médico Sinésio Rangel Pestana.

JC. Quer dizer que a família Pestana serviu como elo para a integração da sua família no meio paulistano?

JM. Sim, com certeza, e, como já disse, explica meu acesso ao *Estadão*. Eu estudava no Mackenzie, onde fiz o primeiro ano do ginásio em 1927. O Mackenzie, porém, não era credenciado para nenhuma escola superior, salvo a de Engenharia e no próprio estabelecimento. Eu, de maneira alguma, estava pensando em seguir carreira em Engenharia. Em casa, sempre se falava que eu seria advogado e carinhosamente até tinha o apelido de Ruy Barbosa... Isso era coisa de um tio que me provocava apelando para essa brincadeira, o que era um erro, mas aquilo ficou, e havia a expectativa de que minha carreira seria aquela: advogado.

JC. E não foi assim que ocorreu?

JM. Sim, acabei cursando a São Francisco – mas isso foi mais tarde... Em 1927, foi instituído um regime especial chamado "exames parcelados", e por ele uma pessoa podia cursar o ginásio onde quisesse. A proposta era simples e consistia em fazer um "exame vago" de toda a matéria no Ginásio do Estado. E eu, então, para poder me beneficiar desse processo, tive de estudar e fazer a tal prova. Escolhi Geografia, estudei com afinco durante dois ou três meses, e passei no exame de Geografia. Em seguida, fui aprovado para o Colégio Rio Branco, onde fiquei dois anos estudando cinco matérias em cada ano. A situação implicava instruir-se na matéria toda para depois fazer o exame do Ginásio do Estado. Eram umas doze matérias no ginásio, então me ficou faltando apenas História. Eu não tinha idade para entrar na faculdade e não podia ter feito mais do que cinco matérias.

A solução foi ficar com apenas uma matéria e isso me dava liberdade para ter, praticamente, todo o tempo livre para outras atividades. Foi então que disse a papai que queria trabalhar.

JC. Então o trabalho no jornal entrou como uma forma de empregar o tempo livre?

JM. Foi isso... Vendo minha vontade de fazer algo, papai perguntou em que gostaria de trabalhar e lhe respondi: "Não sei, eu quero trabalhar em qualquer coisa". Daí a uns dias ele chegou em casa, dizendo: "Arranjei um trabalho para você: eu tenho um amigo que é importador de frutas e precisa de uma pessoa na entrada do Mercado Central para anotar os caminhões que chegam, controlar a entrada de caminhões". Fiquei surpreso com a história porque esse não seria um trabalho, de modo algum, sedutor, mas como eu tinha dito que faria qualquer coisa... fiquei firme! Felizmente, contudo, o susto passou logo porque papai esclareceu: "Está bem, vamos lá; isso é apenas uma brincadeira. Na verdade, você vai entrar para a redação d'*O Estado de S.Paulo*". Ele tinha falado com o Nestor e foi assim que me tornei jornalista; entrei lá como o redator mais moço, de longe, do que todos os outros, mas estabeleci uma relação de amizade, de cordialidade, lá dentro.

JC. E como ficou sua vida com a obrigação do trabalho no jornal?

JM. Minha rotina era mais ou menos assim: trabalhava à tarde, embora em geral, naquele tempo, a redação funcionasse à noite, mas eu era menino e em casa tinha restrições para trabalhar à noite, de modo que eu, normalmente, fazia meu horário durante o dia... Às vezes ficava até as 7, 8 horas da noite e só excepcionalmente noite adentro. O jornal foi para mim um aprendizado esplêndido, uma lição de vida, pois não só aprendi a escrever para o grande público como comecei a vislumbrar os bastidores da sociedade, da política, da vida cultural. O

Estadão, só para dar uma ideia, foi o núcleo da conspiração de 1930, e isso dá a medida de sua importância para a história de São Paulo e do país.

O navegante de si

JC. Bem, como o tempo no jornal foi se estendendo, houve alguma tentação para que continuasse na carreira?

JM. Eu permaneci na redação do jornal, com duas interrupções, por quatro anos. Em 1931, um primo norte-americano, Nat Rood, esteve aqui, era um advogado, e acho que se apaixonou pela Esther. O rapaz começou a insistir com meus pais para que minha irmã Esther e eu fôssemos estudar nos Estados Unidos. E tanto insistiu que acabamos indo, mas mamãe nos acompanhou. A ideia de nós irmos sozinhos para os Estados Unidos, com 17 e 19 anos, não era aceitável, especialmente para a mamãe... A solução foi ela ir junto, até porque tinha duas irmãs morando lá. Em Nova York, cursamos um semestre na Columbia University, em programas de extensão. Eu fiz um curso de inglês e de literatura, mas não estou bem certo, sei que foi alguma coisa assim: literatura, crítica literária... Cursei, acho, quatro matérias e pude – além do que eu já praticava no *Estado* – exercitar redação em inglês, pois fazíamos muita composição.

JC. E como foi a experiência no exterior? Afinal não era uma viagem de turismo...

JM. Foi bom morar em Nova York, sobretudo para ver um pouco mais do mundo. São Paulo era uma cidade bem menor, ainda que agitada, mas lá, na cidade de Nova York, pude acompanhar os efeitos da "lei seca", onde acontecia um escandaloso contrabando de bebidas proibidas por lei. Aliás, diga-se, bebiam muito, enormemente, e tudo por baixo do pano. Era algo assustador até porque a bebida não era de qualidade. Mamãe então se escandalizou com a mocidade norte-americana que, além da bebida, exagerava nas festas e era, sempre, muito liberal. Por fim, mamãe achou que deveríamos voltar e não continuar lá. Ficamos apenas de setembro a dezembro e, aí, retornamos. Isso foi em 1931. De volta, fiz o vestibular para a faculdade de Direito, em 1932. Entrei. Os exames não eram muito fáceis, mas também não era coisa muito difícil.

JC. Nova York deve tê-lo impressionado muito. Quais os legados dessa experiência?

JM. Em Nova York eu frequentava livrarias, motivado inclusive pelos meus primos, que eram mais velhos: um médico, outro estava estudando Engenharia, mas todos eram chegados na literatura e na vida cultural. Meu tio também lia bastante, tinha muitos livros no apartamento dele. Em Nova York, o hábito de leitura se tornara permanente: eu lia bastante, lia o máximo possível. Além dos livros, lá eu ia bastante ao teatro e assisti, por exemplo, a uma estreia da peça de Eugene O'Neill, *Mourning becomes Electra* [*Electra enlutada*], que era um espetáculo de sete horas seguidas. Enfim, pude aproveitar coisas do tipo concertos musicais, como um que vi de Rachmaninoff. Aliás, ver Rachmaninoff tocando foi uma das coisas mais marcantes dessa viagem, porque ele empolgava a audiência de tal forma que, quando acabava de executar uma peça, o público, atônito, não tinha coragem de bater palmas, como se fosse quebrar algum encanto. Demoravam-se alguns minutos até que a mágica acabasse, mas depois, então, desabava o aplauso como uma cascata interminável... Isso era uma coisa que eu nunca vira em São Paulo, onde o aplauso começa antes de o artista terminar a apresentação.

JC. E quais outros aspectos lhe chamaram a atenção?

JM. Em Nova York, além do teatro, concertos e livrarias, pude visitar algumas instituições voltadas à cultura e isso me chamou bastante a atenção. Lembro-me, por exemplo, que foi significativo visitar o Carnegie Endowment for International Peace até porque lá encontrei publicações muito interessantes. Ao chegar, apresentei-me como estudante e perguntei se poderia receber as publicações. Surpreendentemente me disseram que sim. Outra peripécia interessante foi que, ao sair do Brasil, eu levava uma mensagem do *Estadão* para a União Pan-Americana, e até guardo uma fotografia com o presidente da União: eu entregando a mensagem... Eu era ainda um menino, rapazinho nos meus 17 anos.

JC. Mas sua experiência se limitou a Nova York ou houve algum outro desdobramento?

JM. Lembro-me também de que fomos a Washington visitar a viúva de Oliveira Lima, pessoa que eu admirava e conhecia por leitura da *Formação histórica da nacionalidade brasileira*. Ele já havia morrido, mas a viúva estava lá, e sugeri à mamãe que fôssemos visitá-la. Foi ótimo, um encontro inesquecível: dona Flora Oliveira Lima nos recebeu muito carinhosamente, falávamos do marido dela, da biblioteca que eu visitei... A coleção dele está na Universidade Católica de Washington até hoje e é um modelo. Dona Flora nos agradeceu a visita e disse uma frase pitoresca que guardo na memória: "Pouca gente visita uma viúva velha e pobre". Mas, além de sua solicitude, ficamos marcados pela figura daquela senhora altiva, de densa cabeleira branca. Ela inspirava tranquilidade, ainda que o marido fosse muito briguento...

JC. Sabe-se que a coleção de Oliveira Lima era preciosa e continha raridades variadas. Que poderia dizer dessa biblioteca? Como se definiu o seu *locus*, lá?

JM. Oliveira Lima doou em testamento a coleção à Universidade Católica de Washington e assim tirou do

Brasil a possibilidade de sediar aquele conjunto importante de obras, e tudo isso porque brigou com o [barão do] Rio Branco. Oliveira Lima foi um grande bibliófilo e garanto isso porque, depois, anos mais tarde, estive em vários antiquários europeus dos quais ele era cliente e fui informado por todos de que ele comprava raridades que naquele tempo existiam à venda com mais facilidade do que depois... E foi assim, de compra em compra, como um garimpeiro, que compôs sua biblioteca... Fiquei muito ligado àquela coleção que é, principalmente, uma compilação de estudo, com cerca de 60 mil volumes. Conheço bem a parte de livros raros que eu, depois, visitei outras vezes. Para ser franco, identifiquei que na parte de livros raros ele tinha bons exemplares, algumas coisas raríssimas, mas no conjunto não era tanto. Eu me lembro que o embaixador Souza Leão esteve aqui uma vez com Robert Smith, o estudioso de arte brasileira, e ambos disseram: "Puxa, a sua biblioteca é melhor que a de Oliveira Lima". Fiquei lisonjeado, mas inicialmente achei aquilo um despropósito que, contudo, foi desfeito quando visitei a biblioteca com olhos mais atentos. De fato, ele tinha exemplares raríssimos em quantidade, mas muitos eu também tinha, e outros livros raros eu tinha e ele não.

JC. O que tanto o impressionou na coleção da Oliveira Lima? Há algum aspecto mais relevante que lhe tenha chamado a atenção?

JM. Acho que a coleção da Oliveira Lima é expressiva em muitos aspectos, mas especialmente na coleção de cartas. Essa seção é espetacular porque ele mantinha contato com muitos escritores importantes do Brasil. Lembro-me de cartas de Machado, de José Veríssimo; ele tinha mesmo uma correspondência exemplar... Acho essa biblioteca um monumento. Mas eu diria que meu conhecimento da Biblioteca Oliveira Lima veio bem mais tarde. Naquela visita de 1931 fui mais como curioso e a fim de visitar a viúva.

JC. E como se deu seu retorno ao Brasil?

JM. De volta ao Brasil em 1931, foi automático o meu retorno ao *Estadão* e isso seria normal, pois sempre fui muito bem recebido e trabalhei eficientemente e em harmonia com todos. Quando saí para a viagem a Nova York, o pessoal do *Estado* fez uma despedida e sempre me orgulho de uma foto em que estão Nestor Pestana, Júlio de Mesquita Filho e todo o resto da redação. Lembre-se de que isso era para uma despedida de um jovem ainda. Apesar de a ideia inicial ser para uma estada mais longa, para que ficássemos por muito mais tempo, em dezembro voltamos e, confesso, muito felizes. Nova York valeu a pena, mas sentia que meu lugar era aqui...

JC. Além dessa ida aos Estados Unidos, houve outras viagens significativas por essa época?

JM. Uma das lições dessa estadia nos Estados Unidos foi o valor efetivo das viagens. Assim, outro grande momento em minha história pessoal se deu mais tarde, em 1934, quando fui convidado para uma viagem num navio da Marinha de Guerra do Brasil. Essa história que eu raramente conto se deu da seguinte forma: frequentava muito pouco a faculdade de Direito, que já cursava naquele tempo. O bedel assinava o livro de presença para os amigos, mas, um belo dia, eu andava pelos corredores da escola quando, de repente, entrando pela primeira vez em sala de aula – era mês de maio –, chegou Valdemar Ferreira, professor de Direito Comercial, a quem conhecia porque era amigo das filhas e frequentava sua casa. Ele falou: "Ah! O senhor está finalmente aparecendo, não, sr. Mindlin?", e eu respondi, meio sem jeito: "É, o senhor me desculpe, eu realmente andei muito ocupado, mas agora vou frequentar assiduamente suas aulas". Quando eu saía da sala ao término da aula, porém, um advogado muito conhecido, Rui Araújo, me surpreendeu nos corredores perguntando intempestivamente: "Você fala francês e inglês?", ao que respondi com convicção: “Sim, falo”. Ele, num rompante inesperado, retrucou: “Você quer ir à Europa?”. Minha resposta veio tão pronta como indignada: “Mas que pergunta... Claro que quero!”. Ele: “Então vamos ao Palácio do Governo, porque há um convite do Ministério da Marinha para a faculdade mandar um representante, e uma das condições é que o candidato fale inglês e francês”. E lá fui eu... O Armando Sales era interventor e, como o conhecia do *Estadão*, ele prontamente disse: “Você vai”... Tudo foi muito rápido, e o pior é que tinha que dar a resposta definitiva naquele mesmo dia, imediatamente. Foi só aí que soube que o navio levaria a comitiva da Marinha Brasileira em uma primeira viagem de instrução. O propósito era buscar no estaleiro, na Europa, um novo navio para nossa frota, o Almirante Saldanha.

JC. Mas que caso interessante, parece novela...

JM. Pois é, mas, se pensa que a loucura terminou aí, se engana... O desespero mesmo se deu por conta da informação de que houvera uma antecipação e que o navio sairia no dia seguinte e, pior ainda, pela manhã e da cidade de Santos. Foi o caos, pois, além da surpresa, da pressa, eu precisava tirar um passaporte novo, ter o visto da Cultura Inglesa, do Consulado Britânico... Enfim, diligentemente, fiz tudo. Mamãe e Esther compraram apressadas umas roupas para eu levar e foram me esperar na Estação do Norte para pegar o trem, o Cruzeiro do Sul. Tudo pronto, mas... eu cheguei tarde e o trem já tinha partido... Ah! Que desespero! Que agonia! Pense bem na angústia desse momento... Mas não entregamos os pontos. Minha irmã e o namorado dela na ocasião, Walfrido Prado Guimarães, com quem ela depois se casou, tiveram a ideia de me levar, de carro, até Mogi das Cruzes e de lá integrar o grupo. Foi um sufoco... Ah, que aflição!... Mas chegamos a Mogi a tempo e lá peguei o trem que ia a Santos. Ao embarcar, porém, novos problemas: o contínuo do Ministério da Marinha olhou para mim e disse simplesmente: “Olhe, o sr. ministro não vai poder atendê-lo porque está saindo para o embarque do navio, do Almirante Jaceguai", e eu retruquei: "Pois eu preciso falar com ele justamente sobre essa viagem". De volta, o contínuo, depois de questionar o imediato, me fez entrar e fui, finalmente, atendido pelo ministro, almirante Protógenes Pereira Guimarães, que estava na comitiva, muito simpático, que, por fim, pronunciou a última frase que gostaria de ouvir: "Olhe, eu sinto muito, mas como eu não tive resposta até anteontem, cancelei a ida do estudante de São Paulo". Havia ainda dois outros candidatos no Rio que queriam ir e diante da falha do aluno de São Paulo... Diante isso, como não queria atrapalhar nada e ninguém, eu lhe disse: "Bom, mas eu só soube da viagem ontem e tomei todas as providências cabíveis desde então...". O ministro, vendo meu desespero, disse: "Você não pode viajar sem passaporte", ao que argumentei com toda a eloquência: "Eu tenho o passaporte com o visto e tudo está pronto". Então ele interpelou: "Mas, meu caro, e a sua bagagem? Você não pode viajar para a Europa sem roupas adequadas...". Eu aí apontei para fora do escritório, dizendo: "A bagagem está no carro ali fora". Então veio o alívio geral, que foi desafogado com um comentário interessante: "Eta, estudante aviado!", sendo que "aviado" era dito no sentido de "expedito", "ligeiro", "ágil", "rápido". A sentença veio na medida dos esforços de todos: "Então você vai mesmo", e fui com o grupo... Finalmente, depois de todas essas peripécias, ele me apresentou ao comandante, dizendo: "Olhe, por esse 'clandestino' eu me responsabilizo. Ele vai para a Europa na nossa equipe!".

JC. E a viagem, como foi? Tudo transcorreu bem? Como se dava a rotina no navio e seu convívio com a tripulação?

JM. Foi uma viagem de cinco meses. Fomos buscar o navio no estaleiro, mas havia um itinerário a ser cumprido com uma visita oficial à Inglaterra, de dez dias, depois França, Itália, Espanha, Portugal e, por fim, viemos ao Rio em quarenta e nove dias no mar. Essa viagem foi fundamental por muitos motivos, entre os quais porque fiz amizade com os guardas-marinha e com os oficiais mais graduados. Fiquei muito amigo de todos desde os menos aos mais qualificados e tão íntimos que até brincava dizendo que se quisesse organizar uma revolução na Marinha eu sabia quem era quem, inclusive em termos políticos, porque havia uma divisão crescente entre esquerda e direita; alguns eram integralistas. Aliás, havia um movimento de esquerda como reação ao integralismo e, mesmo que não houvesse comunistas entre eles, a oposição era bem radical.

JC. E como foi na Europa? Que representou esta viagem em termos de impacto na sua história de leitor?

JM. Em Paris, na preparação da viagem de volta, comprei uns cinquenta livros de autores contemporâneos franceses. Eram livros baratos de três ou cinco francos em média. Com esse material, fiz um cálculo de leitura: um por dia - nessa época lia uma brochura de 150 a 200 páginas de uma vez. Lembre-se de que eu não tinha nenhuma obrigação a bordo e apenas deveria atuar como intérprete nas reuniões programadas que, afinal, eram bem poucas. Para mim isso era uma festa, pois meus compromissos sempre aconteciam em visitas aos museus e a outros pontos importantes. Fora disso, não tinha obrigação de ir a recepções sociais. Nas grandes cidades, em meu tempo livre, visitava antiquários, livrarias, e assim ia me familiarizando com aquele mundo novo que me cativava. Essas visitas foram realmente muito importantes para a minha futura coleção de livros, pois aprendi muito e diria que assim nascia o colecionador.

Topografia da (in)disciplina

JC. Mas por que chama sua coleção de "Biblioteca Indisciplinada"?

JM. Chamo minha coleção de "Biblioteca Indisciplinada" por dois motivos: em primeiro lugar, porque só comprava o que me interessava, ou coisas de que eu gostava; e, segundo, muitas obras eu descobri em lugares insuspeitados que sugeriam outras visitas ou conhecimento de novos lugares. Foi assim, com base nessa experiência prática, de frequência e convívio com livreiros que, aos poucos, fui estabelecendo vertentes que, contudo, apenas ganharam definições entre as décadas de 1940 ou 1950. Tinha, de início, livros variados, muito variados... Comprava obras de literatura e crítica, mas não só, pois estava, desde lá atrás, despertado o entusiasmo por outros gêneros. Lembro-me, por exemplo, de que gostava muito de Durkheim – foi bem jovem que fiz a leitura de *De la Division du Travail Social* [Da divisão do trabalho social] - e aqueles escritos me convidavam a outros no campo de Sociologia e Ciências Sociais. Mesmo nessa variedade, não me sentia perdido e até me propunha a algum senso de organização.

JC. Aconteceu de em algum momento ter dúvidas quanto às escolhas, preocupação com temas específicos?

JM. Aos poucos fui apurando gosto e algumas preferências foram se orientando em minha cabeça: literatura brasileira e universal, viagens, crítica literária, ensaios e a grande paixão pelos livros raros, pelas edições preciosas. Para entender o que quero dizer por "Biblioteca Indisciplinada", é preciso voltar aos meus 13 anos e recobrar o fascínio que me causou a primeira compra, minha aquisição de estreia. Meu "tesouro" de então foi o *Discours sur l'Histoire Universelle* [*Discurso sobre a história universal*], de Jacques Bossuet. Gosto sempre de contar essa história porque dá mostra da paixão que já era latente em mim. Comprei esse livro em um sebo do centro de São Paulo. Sim, eu frequentava os sebos desde os 13 anos, ia sozinho, sem meu irmão, e um belo dia vi o *Discours* sobre uma mesa e fiquei fascinado... Fiquei encantado pela edição, pela data "de 1740", pelo estado do livro, por sua beleza. Comprei. Recordo-me de que ainda vestia calças curtas, como era comum naquela época! Além das leituras de casa, dos livros que guardava como "meus", foi por essa compra que tudo começou... E olha que já se passaram oitenta anos... Oitenta anos! Imagine que uns vinte ou trinta anos depois daquela primeira compra, encontrei o mesmo livreiro, olhei bem para ele e disse com certa ternura: "Você sabe que o primeiro livro antigo que comprei foi da sua mão?". Ele orgulhosamente respondeu: "Como não, eu me lembro, era um marronzinho, um Bossuet". Eh!... Ele se lembrava de que um menino de calça curta tinha comprado aquele livro.

JC. E como continuou? Até que ponto a "Indisciplina" atuou em suas escolhas?

JM. Depois desse começo, o caminho foi se fazendo. Repito que o nome "indisciplinada" é apropriado porque abriga sutileza, provocação... Porque, como houve muito acaso na constituição da biblioteca, cabe a ideia de relativa indisciplina da formação.

JC. Mas de quem era a indisciplina, sua, pessoal, ou da biblioteca, como uma entidade mágica?

JM. A discussão sobre a disciplina – ou não – da biblioteca só se explica pela minha "disciplina" pessoal; assim, quem vê de fora pode ter a impressão de que ela é indisciplinada pela falta de uma lógica óbvia, mas não é, não, senhor. Eu diria que ela é "poeticamente" indisciplinada. Indisciplinada pela multiplicidade de temas e abrangência. Confesso que gosto dessa brincadeira. Aliás, ela está presente no "Catálogo", e minha filha Diana, que fez o projeto gráfico e a produção do texto final, insistiu em pôr no título “InDisciplinada”. Esse catálogo ficou se chamando *Destaques da Biblioteca InDisciplinada de Guita e José Mindlin.*

JC. Mesmo "indisciplinada", surpreende a extensão e a diversidade de títulos e áreas. É possível datar algumas tendências?

JM. É verdade, a multiplicidade se estende aos tipos de publicações. Até os anos de 1950, só me interessava pelos livros, independentemente da ilustração, de modo que na minha biblioteca havia poucos livros ilustrados. O que realmente me interessava era o produto livro, basicamente o livro em si, o texto, digamos; procurava o conteúdo intelectual, as ideias... Só depois, mais tarde - foi mais ou menos lá pela década de 1960 - é que comecei a me interessar pela ilustração, procurando vários livros ilustrados brasileiros ou sobre o Brasil, e fui adquirindo muitos. Desses, entre outros, um que tem valor especial para mim é *Pelo sertão*, com ilustração do Lívio Abramo, de 1946; outros que prezo bastante são *Menino de engenho* e *Memórias póstumas de Brás Cubas*, pelo Portinari. Hoje em dia há muitos livros, muita coisa boa de ilustração. É difícil apontar um ou outro em especial, pois eles ganham sentido em conjunto.

JC. Sabe-se de seu encanto pela beleza ou aparência dos livros. Igualmente é conhecido o seu fascínio pelas ilustrações...

JM. Falando em ilustração, costumava apoiar os ilustradores, adquirindo obras de vários deles, como do próprio Lívio Abramo, por exemplo... Mas da ilustração moderna admito que demorei um pouco a gostar, porque achava que o livro moderno não era satisfatório, não era interessante. Quando foi fundada a Associação dos Cem Bibliófilos, um amigo me convidou para entrar. De início, fiz corpo mole porque achava que o livro moderno ilustrado era mais caro que os livros “normais”, e isso me parecia um despropósito. Depois, quando eles já tinham feito nove volumes, de repente peguei o gosto e entrei para a Associação, na vaga de Osvaldo Aranha. Então, em nossa coleção, os primeiros nove livros foram impressos para o Osvaldo Aranha, e os outros, constando o meu nome. Hoje realmente gosto muito das ilustrações modernas, aprendi a gostar; os livros ilustrados pelo Aldemir Martins, Miró, Chagall são coisas realmente bonitas, infelizmente com preços descabidos, fora da realidade, mas, apesar disso, passei a colecionar esses livros ilustrados modernos. Entendo mesmo que a ilustração hoje é parte do livro que se dinamizou na apresentação. E não há como negar que hoje a ilustração favorece a compra do livro. Eles ficam mais bonitos e atraentes.

JC. Há algo mais que o atrai em um livro, alguma coisa capaz de fazê-lo comprar um exemplar independentemente do conteúdo ou do valor histórico?

JM. Outra coisa de que gosto muito num livro é a capa; realmente aprecio capas... elas me atraem muito, demais! O Cláudio Giordano reuniu centenas delas na nossa biblioteca, e até creio que, nesse ponto, ele exagerou. Mas temos de fato vários exemplares assim, livros em que a capa se sobressai... As do Di Cavalcanti, por exemplo, são muito boas. Também tenho na biblioteca obras de Guilherme de Almeida com capas de excelente qualidade. Acontece, sim, às vezes, de o livro não me interessar tanto e me atrair mais pela capa. O mesmo posso dizer das ilustrações. Então, cheguei inclusive a comprar vários livros não pelo texto, mas pelo seu aspecto visual.

JC. O que significa isso em termos da coleção como um todo?

JM. Veja, isso reflete o valor de contribuições que, além de estéticas, são também de registro histórico. Infelizmente não saberia distinguir uma mais do que outra, pois adoro igualmente todos os livros que possuo hoje na biblioteca. O interesse que aprendi a ter pelas capas e ilustrações é até estranho. Muitas vezes, o apreço não era tão grande pelo autor. Alguns, dos anos de 1930, 1940, como Berilo Neves, entre outros, eram autores considerados "menores" e até de certa forma desconhecidos, mas as capas eram muito boas, então acabava comprando os livros exatamente por esse motivo. Revendo isso tudo, diria que hoje gosto muito deles, e não só das capas... e que através delas acabei encontrando beleza nos textos.

JC. E além das ilustrações e capas, há algo mais que o atrai em um livro, alguma coisa capaz de chamar sua atenção de colecionador?

JM. Presto atenção ao tamanho e extensão dos livros, posso dizer seguramente que não gosto de livros muito longos. Também critico muito o livro publicado na horizontal, eles não são nem um pouco práticos, geralmente não cabem na estante e são incômodos no manuseio. Nesse sentido, gosto muito mais do livro na forma convencional, publicado na vertical, é bem melhor assim, mais agradável. Em relação à espessura do livro, devo dizer que não aprecio aqueles muito grossos, exageradamente grandes e volumosos. Acredito que um calhamaço não se justifica, porque o livro tem que ser facilmente manuseado, tem que ser agradável, caber nas mãos do leitor. Hoje há livros de 800, 1000, 1500 páginas... É muito, são muitas páginas, e livros assim são cansativos, complicam o melhor entendimento do leitor. Não estou dizendo que não aprecio livros com enredos longos. Não. Considero, nesses casos, muito mais prático publicar em vários volumes, em vez de apenas um só, terrivelmente grande. É verdade que é menos econômico, mas é muito mais prático, principalmente para quem lê.

JC. Vendo a pluralidade de temas e escolhas na biblioteca, considerando a variedade de formas e detalhes, fico me perguntando: o que mais levaria o senhor a colecionar?

JM. A multiplicidade da biblioteca vai além dos livros, capas, ilustrações... Tenho também, por exemplo, cartas, manuscritos, originais... Um dos livros de cartas manuscritas mais importantes é o das cartas da condessa de Barral. Dela tenho os 29 cadernos manuscritos, todos com missivas escritas para dom Pedro II. Eles eram amantes, não tenho nenhuma dúvida disso... Por causa da correspondência entre os dois, deu-se essa compilação que é valiosa por revelar intimidade e afetos da corte. A cumplicidade mostrada nessa correspondência é visível e reveladora, pois pelas cartas a Condessa registra fatos do cotidiano de ambos; por exemplo, às vezes ela mencionava que esteve, no dia anterior, em tal lugar e perguntava se dom Pedro se lembrava do local quando lá estiveram juntos. O curioso é que dom Pedro escrevia a lápis, ao lado, que se lembrava sim, "sem dúvida"... Ela era uma pessoa distinta, culta e, diga-se, por isso foi preceptora das filhas de dom Pedro. Curiosamente, essa escolha permite que não se tenha dúvida do relacionamento entre eles. A presença dela foi muito intensa e até, diz em uma das cartas, que dedicou toda a sua vida a ele, o imperador, e aos seus filhos. Pois bem, comprei essas cartas de um neto da condessa, o Marquito Barral, que era um modesto funcionário do Consulado Brasileiro em Paris. Ele vendeu porque a família era toda francesa, não se interessava por coisas brasileiras.

JC. E como se davam esses contatos? Como chegava às fontes?

JM. Nesse caso, quem me falou dessas cartas pela primeira vez foi João Hermes, embaixador, que também coleciona essas preciosidades. Aliás, ele tem uma biblioteca considerável. Logo que ele revelou esse tesouro, fez força para eu comprar, e eu, interessado, fui a Paris para isso. Eu era amigo do embaixador e de vez em quando ia visitá-lo. Foi num desses encontros que comentou o caso dessas cartas. Comprei... Claro que a visita a Paris, daquela vez, foi com essa intenção direta de adquirir o conjunto. Isso revela que, além do interesse de colecionador, eu também estava preocupado com a memória nacional. A leitura das cartas é uma delícia, pois a condessa de Barral era filha do visconde de Pedra Branca, e isso revela, com requintes, o tipo de educação que tivera. Ela escrevia poesias desde 1840, dominava bem a escrita, era uma senhora muito erudita e preparada. Essas cartas na biblioteca têm gerado interesse, e temos alguns resultados como o de uma autora que decidiu fazer um livro com elas. Infelizmente, não conseguiu patrocínio para publicação até agora... e a coisa está se arrastando, cozinhando em água fria. É uma pena, pois ela pesquisou muito, fez uma leitura bastante criteriosa e uma boa seleção das cartas.

JC. Por que as cartas o cativam? Há algum aspecto em especial que o faça colecioná-las? Qual o papel desse segmento na biblioteca?

JM. O que mais me atrai nas cartas são as percepções das pessoas que as escrevem... Cartas são curiosas conforme a personalidade de seus autores, e tudo depende também das circunstâncias em que foram escritas. Para colecionar cartas, é preciso garimpar bem para achar algo relevante. Sempre há coisas curiosas que encontramos quando a procura tem fundamento. Uma vez, por exemplo, encontrei uma carta de Hipólito da Costa, jornalista famoso que publicou em Londres o *Correio Braziliense*. Pois bem, em uma carta ele defendia a ideia de o Brasil estabelecer relações melhores com a Rússia, e não manter contatos diplomáticos exclusivos com os Estados Unidos e, veja bem, isso em 1812! Vendo em perspectiva histórica, essa carta tem um interesse singular por sugerir alguma coisa que muitas vezes passa despercebida, ou seja, no caso, as relações entre Brasil e Rússia em oposição aos Estados Unidos. Comprei essa carta em um catálogo de Portugal, exclusivamente por ser do Hipólito da Costa. São doze páginas ou mais, manuscritas, muito interessantes. Outra série de cartas de que gosto muito são as de Euclides da Cunha para Francisco Escobar, dizendo que se surpreendeu com o sucesso de *Os sertões* e perguntando se ele não diria algo a respeito do livro para um jornal do Rio, consultando inclusive se podia interferir para dar notícia da publicação, para divulgá-la. Também tenho uma carta curiosa de Afonso Arinos, que escreveu para um cunhado pedindo voto para seu ingresso na Academia. Mas esse interesse por cartas, apesar de apreciar bastante as correspondências que tenho, não era uma obsessão. Não, não era motivo de busca; calhava de encontrar cartas e comprar.

JC. Falamos de ilustrações, capas, tamanhos de livros. Há algo mais na biblioteca que mereça atenção de colecionador?

JM. Continuando a multiplicidade de características da biblioteca, outra coleção de que também gosto é a de caricaturas, apesar de não ter muita coisa. De toda forma, esse é um aspecto que eu desenvolvi e que me cativa. Aprecio as caricaturas em geral, e em particular as do nosso J. Carlos, de quem tenho até alguns exemplos. Temos algumas coisas interessantíssimas em termos de caricaturas, como exemplares da revista *Semana Ilustrada*, que existiu de 1861 até 1875. Nessa revista tenho que destacar as ilustrações de Henrique Fleiuss sobre a Guerra do Paraguai. Aliás, essa série é muito interessante, tem um alto valor histórico também, não só artístico. Devo dizer que houve um tempo em que, assim como aconteceu com as capas, comprava livros só por causa das caricaturas presentes, não importando tanto o texto ou outra coisa.

JC. E revistas e folhetins...

JM. Também tenho muitas revistas, algumas com textos realmente muito bons e até com muita coisa do Machado de Assis, publicada com pseudônimo. Tenho a *Revista Illustrada*, do Agostini. Na biblioteca há bastantes revistas, umas em coleções, outras em números avulsos. Porque coleções são muito difíceis de encontrar, algumas são praticamente impossíveis, é complicado juntar tudo... Tenho jornais periódicos desde 1810 até 1850, mas, como disse, é difícil formar coleção. No entanto, a biblioteca possui cerca de mil títulos de revistas e jornais; é um bom número, não?

JC. E em termos de arte?

JM. É verdade, a multiplicidade se estende também à arte. Tenho alguns objetos e algo de pintura, mas não são muitos, é uma coleção que, quando comparada às outras, é relativamente pequena. Não sou tão interessado em pinturas como em livros, mas gosto e por isso as tenho na biblioteca, quase como complemento. Creio que herdei essa característica do meu pai, que adorava pinturas. Só que no meu caso a paixão se concentrou nos livros!

O tempo dos livros

JC. De toda forma, com o passar do tempo, a biblioteca foi perdendo o caráter espontâneo e, no lugar, a tendência à ampliação foi se fazendo, não é correto isso?

JM. Sim, outro fator importante para a compreensão da biblioteca foram as repetidas viagens. A biblioteca foi se complementando mais ou menos naturalmente de acordo com a combinação das idas para diferentes lugares e, nelas, da disponibilidade para comprar os livros. Sem dúvida, contudo, há alguns momentos que foram mais relevantes que outros, mas todos se articulam de modo a tornar indivisível o conjunto.

Por exemplo, naquela viagem de 1934 fiz uma aquisição mais orientada para a literatura francesa, com base em escolhas pessoais, ainda que não pensasse em ter uma biblioteca. Depois, mais tarde, visitei antiquários em Lisboa, o pessoal da Livraria Coelho, tive conversas sobre coleções e fui assim aprendendo alguns detalhes desse mercado. Por essa época comecei a me instruir a respeito do meio e me interessei por conversas com livreiros. Fui aos poucos aprendendo as manhas e estratégias de compras e ia sabendo como o Oliveira Lima e os outros colecionadores agiam. Com segurança, diria que foi nesse momento que a biblioteca se firmou como coleção. Foi aí que assumi a responsabilidade de bibliófilo... Mas, depois desse momento, fica difícil precisar outras etapas de maior importância.

JC. Seria possível retraçar uma periodização para a biblioteca? Afinal, mesmo considerando-a "indisciplinada", ela aos poucos foi ganhando certa orientação...

JM. Pensar os momentos capitais do crescimento da biblioteca é difícil. Sei que existem, mas variam em minha cabeça. Na verdade, são relativos os tais momentos de corte, pois dependem da obra adquirida, do volume de livros comprados, das relações com outros. É tudo muito, muito relativo. Para mim, em síntese, todos os instantes foram decisivos. Veja que, no caso remoto dos cinquenta livros comprados em Paris, pesou o fato de eu ter destinado todas as minhas economias para o fim exclusivo da compra de livros que me interessavam e que cabiam no meu orçamento pequeno. Não era muito dinheiro, mas eu sabia onde empregá-lo. Além disso, o Protógenes, na conversa inicial, ainda no Brasil, perguntou-me se eu estava levando dinheiro, e eu disse: "Um pouco, não muito, de ontem para hoje meus pais conseguiram algum dinheiro". Ele afirmou: "Então em complemento eu vou mandar para você, em Lisboa, um reforço". Sinceramente não me lembro de quanto foi, pois não era grande coisa, talvez umas sessenta libras. O importante dessa história é que foi tudo para os livros. É por situações como essa que acho que não dá para privilegiar um ou outro momento como fundamental. Fui aprendendo a conhecer pessoas, a saber do funcionamento do mercado, e isso tem a ver com a prática que desenvolvi desde o começo, quando comprava alguma coisa de um sebo por um preço, vendia ao concorrente por mais e ia deixando sempre um saldo. O que custava cinco em um local, vendia por cinquenta em outro, e fazia uma contabilidade de crédito que sempre era acertado em livros. Foi pena que depois de um tempo com crédito em todos os sebos, sem desembolso, eles foram descobrindo minha artimanha e a mina minguou. De toda forma, isso durou dois ou três anos.

JC. Mesmo atento à formação da biblioteca, o senhor nunca perdeu o hábito da leitura, não é? Ou será que o colecionador suplantou o leitor?

JM. Sempre tive uma atitude muito serena frente à questão da leitura: ela sempre fez parte do meu jeito de ser, de viver. Nunca me senti *avis rara* por ler. Veja, por exemplo, que mesmo num navio cheio de marinheiros, como foi o caso da viagem à França, lia literatura francesa e todos me respeitavam bastante, ninguém achava estranho. Creio que aos poucos fui educando o pessoal sobre como me aceitar e acho até que me viam com tal naturalidade que já não estranhavam. É como se fosse parte da paisagem ou dos móveis e utensílios. Durante a época em que estive na indústria equilibrava as horas de trabalho concentrado em alguma questão profissional com momentos de devaneio, de leitura. Mas sempre soube dosar... E, desse jeito, constantemente estava lendo, sempre carregava um livro comigo, e li obras completas em salas de espera.

JC. Como o senhor se sentia em meio a empresários, sendo leitor voraz, colecionador de livros?

JM. É evidente que isso era algo muito fora dos parâmetros comuns, uma coisa exótica naquele meio que cobrava a imagem de alguém que coubesse melhor dentro do perfil do empresário, que não era exatamente o de leitor de livros de literatura, arte, crítica ou estudos sociológicos. Quando atuei na Fiesp, tudo foi um pouco mais complicado porque lá, sim, eu era olhado como alguém muito diferente, um pouco esquisito, uma pessoa esdrúxula. Mas isso nunca me perturbou. Eu tinha um projeto de vida definido.

JC. Fico imaginando o juízo que seus pares, em diferentes esferas, fazem do senhor...

JM. Mesmo fora do meio empresarial, sem dúvida, minha atividade de leitura causa problemas de classificação sobre a minha pessoa: afinal, quem é esse cidadão que gosta tanto de livros? Há muita gente, amigos queridos, como Antonio Candido, que faz questão sempre de salientar que eu não sou um colecionador de livros, mas sim um leitor. Eu mesmo tenho dificuldade de me situar entre três conceitos: colecionador, leitor e bibliófilo. Enquadrar-me nesses conceitos é complicado porque não me ajusto bem com exclusividade em nenhum deles. Costumo repetir que as coleções se foram formando dentro da biblioteca, sem que fosse minha intenção colecionar livros. De todo jeito, isso impôs uma evolução que é coerente comigo, com a tal indisciplina. Mas temos que ter em conta, por exemplo, que tudo dependia muito da situação.

JC. Pode-se dizer que houve continuidade nos procedimentos. Colocando de outro modo e para entender melhor o sentido dado ao conceito de Biblioteca Indisciplinada, pergunto se havia relação entre a intenção inicial e o rumo assumido depois.

JM. Os livros que comprei na França na primeira viagem eram todos de edições comuns; isso ocorrera antes também com autores brasileiros que li em publicações regulares das casas que faziam o mercado. Mas a curiosidade de leitor foi alimentando o instinto de colecionador que estava latente desde lá atrás, desde as primeiras leituras que discutia com meu irmão. E de colecionador a bibliófilo não houve saltos. Devo dizer, porém, que um não matou o outro e que, pelo contrário, o leitor continuou sempre muito bem e vivo. Examinemos o caso de Machado: lia pelas edições da Garnier, mas depois veio a ideia de verificar como seriam as primeiras edições comparadas às outras. Foi assim que comecei a procurar as primeiras edições, levando em conta inclusive que, no caso da Garnier, no começo, os livros eram impressos em Paris. Então, não posso dizer que tenha começado como colecionador de primeiras edições, mas sim que cheguei até elas pela vontade de conhecer melhor o processo de criação literária e a vida dos próprios livros. Foi um pouco pela curiosidade em saber qual a diferença entre a primeira edição e as outras, e se realmente havia muita correção, mudanças significativas ou não. Isso era uma precocidade minha, apenas isso. Voltando ao caso do Machado, depois das definições de minhas escolhas ou preferências, pensei: "Bom, vamos ver as primeiras edições ou as edições anteriores". Isso se passou logo que comecei a comprar mais livros do que poderia ler, nos anos de 1940, ou mesmo no final da década anterior. Eu comprei lá pelos anos de 1930 um exemplar de *Phalenas*, daqueles poemas magníficos de 1870, e fiquei encantado porque o exemplar vinha com dedicatória do Machado para algum leitor amigo. Outra vez Machado me aparecia como um desafio, porque muito pouca gente fala do Machado poeta, e eu aprendi a apreciar também essa outra faceta dele.

JC. Então vale dizer que a biblioteca tem valor analítico, além do fato de abrigar obras de valor histórico?

JM. Acho que eu sempre tive independência de espírito, e isso é importante para o entendimento do papel da poesia na biblioteca. Sempre procuro valorizar os poetas e, além do Machado, temos, entre muitos outros, Vicente de Carvalho, que foi mesmo um grande poeta. Gosto de poesia desde menino e, o que é relevante, sempre gostei de ler poesia em voz alta. Sempre, sempre. Isso é mesmo curioso porque vejo a poesia como uma partitura, ela lida em voz alta é como música. Acredito que meu gosto pela poesia é contagiante.

JC. E quando se deu o ponto de virada?

JM. Você sabia que Guita, minha esposa, de início, não gostava muito de ler poesia? Ela realmente começou a gostar de poesia quando comecei a ler em voz alta para ela. A partir daí tudo mudou e muito, então nós líamos muitas poesias. Eu lia e ela ouvia e, assim, passou a gostar de poesia também. Pelo prazer, de início, ela gostava menos de poesia e dizia que não tinha muita paciência de ler versos; ela gostava de ler em geral, mas poesia ela lia menos.

O impacto da poesia em minha vida veio muito cedo. Comecei a ler o Machado poeta aos 15 anos e logo fui cativado pela poesia dele. Já conhecia outras obras suas, tinha passado por *Helena* e *A mão e a luva* e mais tarde fui para *Memórias póstumas de Brás Cubas*, mas no meio vieram as poesias e daí, pela vida toda, Machado, até hoje. Ainda sobre Machado devo reconhecer que foi a pessoa que, de certa forma, ajudou a orientar os caminhos da biblioteca porque abriu a preocupação com as primeiras edições, com os autógrafos.

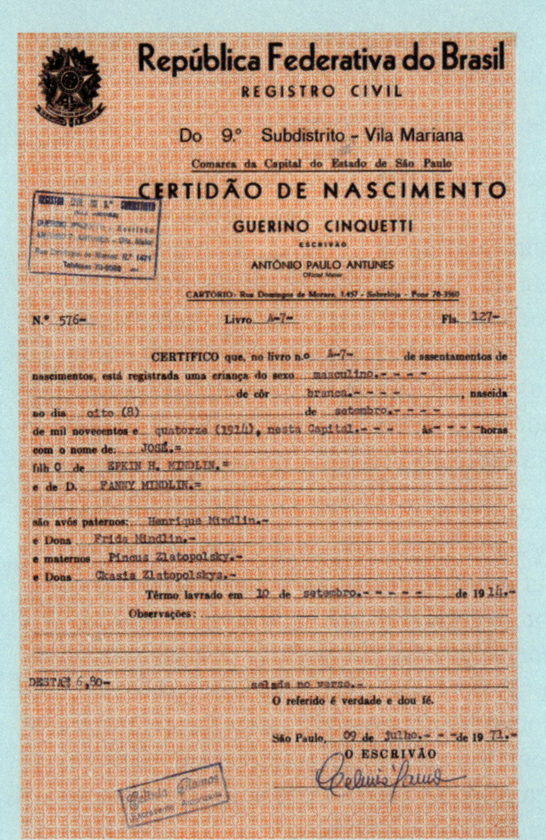

República Federativa do Brasil

REGISTRO CIVIL

Do 9.º Subdistrito - Vila Mariana

Comarca da Capital do Estado de São Paulo

CERTIDÃO DE NASCIMENTO

GUERINO CINQUETTI

ESCRIVÃO

ANTÔNIO PAULO ANTUNES

Official Maior

CARTÓRIO - Rua Domingos de Morais, 1.457 - Sobreloja - Fone 70-3560

N.º 576- Livro A-7- Fls. 127-

CERTIFICO que, no livro n.º A-7- de assentamentos de nascimentos, está registrada uma criança do sexo masculino.- - - - de côr branca.- - - -, nascida no dia oito (8) de setembro.- - - - de mil novecentos e quatorze (1914), nesta Capital.- - - às - - - horas com o nome de: JOSÉ.=

filh o de EFKIN H. MINDLIN.=

e de D. FANNY MINDLIN.=

são avós paternos: Henrique Mindlin.-

e Dona Frida Mindlin.-

e maternos Pincus Zlatopolsky.-

e Dona Ckasia Zlatopolskys.-

Têrmo lavrado em 10 de setembro.- - - - - de 1914.-

Observações:

DESTA?: 6,80- selada no verso.-

O referido é verdade e dou fé.

São Paulo, 09 de julho.- - - de 1971.-

O ESCRIVÃO

GABINETE DE INVESTIGAÇÕES

SERVIÇO DE IDENTIFICAÇÃO

S. Paulo, (Brasil) 26 de Novembro de 1927

Registro Civil 187.475

Nome José Mindlin

Idade 13 annos, nascido a 8 de Setembro de 1.914

Estado civil Solteiro

Pai Dr. Ephim Henrique Mindlin

Mãi D. Fanny Mindlin

Nacionalidade Brasileira

Natural de São Paulo-Capital

Profissão Estudante

Residencia Rua Marques de Paranaguá, 8

Observações

Não é valido o retrato que não tiver o sinete em relevo

Retrato tirado em 26 de Novembro de 1927

O Chefe do Serviço de Identificação:

Notas chromaticas, etc.

Cutis Branca

Cabellos Castanho esc.

Barba Imberbe

Bigodes

Olhos Castanhos

Marcas, cicatrizes, etc.

ASSIGNATURA DO PORTADOR:

Ephim Henrique e Fanny Mindlin, pais de José; Fanny e "vovó Frida", mãe de Ephim, com Esther, Henrique e José (no colo).

Acima, a família na praia; à esquerda, os pais e os quatro filhos (José, sentado); abaixo, os quatro irmãos com a avó e os primos que vieram da Rússia.

O irmão Henrique, em 1939.

Brincadeira na praia: os irmãos Henrique e Arnaldo seguram José.

A irmã Esther, antes de casar e, em 1957, como atriz em *Juno e o pavão*, contracenando com Oduvaldo Vianna Filho, no Teatro de Arena, SP.

Esther, Nat Rood, o primo americano apaixonado por ela, e Fanny.

Correspondência do Carnegie Endowment, respondendo ao pedido de José para que enviassem publicações para o Brasil.

CARNEGIE ENDOWMENT FOR INTERNATIONAL PEACE
Division of Intercourse and Education
405 West 117th Street, New York City

NICHOLAS MURRAY BUTLER
DIRECTOR
HENRY S. HASKELL
ASSISTANT TO THE DIRECTOR
AMY HEMINWAY JONES
DIVISION ASSISTANT

INTERNATIONAL RELATIONS CLUBS
URSULA P. HUBBARD, ASSISTANT
MARY L. WINN, ASSISTANT

January 14, 1936.

Dr. José E. Mindlin,
Edificio da Secretaria da Agricultura, 6 andar,
Sao Paulo, Brazil

Dear Dr. Mindlin:

Miss Jones is writing to you today and sending formal acknowledgment of the enrollment of your International Relations Club with the Carnegie Endowment.

I am writing to say that we are glad to place your name upon the list to receive five Fortnightly Summaries in accordance with your request. We are also glad to place the name of Dr. Gastão Grossé Saraiva, Rua S. Bento, 24, Sao Paulo, upon the list of subscribers to the International Conciliation documents.

Sincerely yours,

Mary L. Winn
Assistant to Miss Jones in the
International Relations Clubs.

95.º FESTIVAL

SOCIEDADE DE
CULTURA ARTISTICA

Sabbado, 18 de Outubro de 1919
Ás 16 horas em ponto

THEATRO MUNICIPAL

CONCERTO SYMPHONICO
SOB A DIRECÇÃO DO
MAESTRO MARINUZZI

PROGRAMMA

1.ª PARTE

Terceira symphonia (Heroica) Op. 55 — *Beethoven*
Allegro com brio
Marcia funebre
Scherzo
Finale

2.ª PARTE

Dois nocturnos — *Debussy*
Adagio — *Nardini*
Le fontane di Roma — *Respighi*
Preludio e Morte de Isolda — *Wagner*

3.ª PARTE

BAILADOS POR
MME. PAVLOWA E SUA COMPANHIA

1. Dança Grega — *Brahms*
Mlles. Stuart, M. Courtney, Leggierowa, Meckewskaia, L. Courtney, Plazikowska, Barton
2. Visions — *Berlioz*
Mlles. Lindowskaia, Brunowa, Sheffield, Gardiner, Pajewskaia, Henderson, Moreno
3. Moment musical — *Schubert*
Mlles. Stuart, M. Courtney, e L. Courtney
4. Valse — *Strauss*
Mlles. Butsowa e Mr. Worontzoff
5. Menuet (XVIII siècle) — *Marinuzzi*
ANNA PAVLOWA e Mr. VOLININE

Os pais de José receberam Anna Pavlova em São Paulo, em 1919; acima, o programa do espetáculo da bailarina no Teatro Cultura Artística; abaixo, foto da visita ao Butantã, quando ela (de costas) e Ephim seguram uma cobra.

A Directoria da Cruz Vermelha Brazileira em São Paulo, declara que o Snr. Dr. E. H. Mindlin prestou inestimaveis serviços á Associação como collaborador na distribuição de alimentos, durante a epidemia
S. Paulo, Outubro-Novembro de 1918.

IN PACE ET IN BELLO CARITAS

Eleonora da Silveira Cintra — A Presidente interina
Rosina N. Soares — A Secretaria

A Directoria da Cruz Vermelha Brazileira em São Paulo, declara que o Snr.a D. Fanny Mindlin prestou inestimaveis serviços á Associação como collaboradora na distribuição de mantimentos durante a epidemia
S. Paulo, Outubro-Novembro de 1918.

IN PACE ET IN BELLO CARITAS

Eleonora da Silveira Cintra — A Presidente interina
Rosina N. Soares — A Secretaria

Durante a epidemia de gripe espanhola de 1918, Ephim e Fanny mobilizaram-se para distribuir sopa e alimentos para a população, no portão de sua casa.

Ephim, dentista muito conceituado, gostava mesmo era de arte. Acima, catálogo de sua coleção; abaixo, fotografia de sua autoria.

Reunião da Cruzada Artística para doação de obras de arte em benefício das famílias dos combatentes da Revolução de 1932. Da esquerda para a direita, sentados: Breno Muniz de Souza, Souza Lima, d. Olívia Guedes Penteado, Goffredo da Silva Telles e José Gonsalves; em pé, entre outros, Ephim Mindlin (1º), Ernani Dias (3º), Paulo Vale Jr. (4º), Georgina de Albuquerque (5ª), Esther Mindlin (9ª).

SÃO PAULO

MCMXXXII

CRUZADA ARTISTICA

CERTIFICAMOS QUE José E. Mindlin

DEU Á CRUZADA ARTISTICA OBJECTOS DE ARTE EM BENEFICIO DAS FAMILIAS DOS COMBATENTES CONSTITUCIONALISTAS

DIRECTORIA

Capas dos anos 1950 de programas da Sociedade Cultura Artística.

"O ESTADO DE S. PAULO"

Retrato do sr. José E. Mindlin

Redactor deste jornal.

O director,

Assignatura do Portador,

Reg. Civ. N.º -187475-

"O ESTADO DE S. PAULO"

O sr. José E. Mindlin

cujo retrato e assignatura figuram na outra parte desta carteira, é Redactor deste jornal e, nessa qualidade, póde apresentar-se onde quer que seja.

O director,

S. Paulo, 1 de Agosto de 1930

VALIDO SOMENTE PARA O ANNO DE 1930

Album com vistas do Brasil oferecido por Nestor Rangel Pestana, diretor d'*O Estado de S.Paulo*, à União Pan-Americana e entregue ao presidente da mesma por José E. Mindlin, então com 17 anos, em 1931.

Despedida do *Estado de S.Paulo* na viagem aos EUA em 1931: diretoria e redatores. Sentados, da esquerda para a direita, Léo Vaz, Manequinho Lopes, José Mindlin, Nestor Rangel Pestana, Júlio de Mesquita Filho, Antoninho Figueiredo e Sud Mennucci; o 1º à esquerda, em pé, é Rui Nogueira Martins, autor do "decreto" abaixo.

"O ESTADO DE S. PAULO"
REDACÇÃO, 31 de agosto 931

DECRETO UNICO NO GENERO

Os balaustres, os redactores, os coladores de telegrammas, os limões e até mesmo o "pessoal" das diversas secções, que trabalham (que vá o "trabalham"!) nesta casa, formando, <u>ha dois mezes</u>, uma familia unidissima:-

- considerando que, a partir desta data, mais um feliz limão se vai daqui para a melhor;

- considerando que, em occasiões taes, é sempre principio comesinho de delicadeza promover despedidas que suavisem o amargor da separacão;

- considerando que, nesta hora memoravel, aquelle sentimento deve transformar-se quasi em comiseracão;

- considerando que é de toda conveniencia para o proximo illustre viajor, que se destina aos Estados Unidos e como bom camelo que se preza de não ser mas devia ser - beber quanto possivel antes de ganhar as <u>aguas secas</u> do paiz dos dinheiros e das"bôas",

decretamos (que leve o diabo!)

§ unico e suficiente: - Fica o tal de sr. Mindlin intimado a pagar aos esfomeados da redacção qualquer cousa que se beba, ou melhor, não, mas uns bons e modestos "whiskeys". Cerveja tambem serve.-

O que cumpra-se.

Modelo 15

Cartão recomendando o terceiro-anista de Direito, José E. Mindlin, para integrar a comitiva que iria buscar o Almirante Saldanha no estaleiro e trazê-lo para o Brasil.

Palacio do Governo

Christiano amigo,

O portador deste é o Snr. José E. Mindlin, 3º annista de Direito, que vae, de accordo com o seu pedido, para fazer parte da comitiva que segue para a Inglaterra.

Um abraço do amigo att.

[illegible]

Na Europa: José com companheiros de viagem, em Paris; a bordo do Almirante Saldanha, e em Veneza, 1934.

Trechos de carta de José para os pais e os irmãos, escrita a bordo do Almirante Saldanha, a caminho de Las Palmas, em 12.09.1934.

9/ Realmente interessante de se observar em Barcelona, ha uma cousa, porem: é a politica. Eu nunca havia procurado visualisar a Catalunha agitada e separatista de que os jornaes tanto falam, e foi porisso uma surpreza para mim ver de repente cartazes numa lingua completamente extranha, e encontrar um pessoal perto do qual o separatismo de S. Paulo é uma brincadeira de crianças. Basta dizer que, devendo a banda do "Saldanha" realisar um concerto numa praça publica, da parte do prefeito veio um pedido para que não fosse tocado o hymno hespanhol, afim de evitar possiveis disturbios! Alem de separatistas, são ultra esquerdistas, e a propaganda do communismo é feita abertamente.

E houve scenas gozadas, como, por exemplo, o encontro, a bordo, do presidente da "generalidad de Catalunia", e do commandante da região militar, que, representando o poder central, é solennemente antipathisado. Os dois são adversarios irreconciliaveis, e para manter as apparencias a bordo, não foi facil. Na sahida, o povo apinhado no caes, applaudiu com enthusiasmo o presidente, mas não houve um unico applauso para o general.

Sahimos de Barcelona no dia 5, e a travessia decorreu melhor e mais facilmente do que eu esperava.

Foto do zepelim tirada por José, em pleno oceano Atlântico, a bordo do Almirante Saldanha, com sua câmera Leica, e que depois seria publicada na revista de fotografia da Leica (*Leica Magazine*), em Nova York, 1934.

LEMBRANÇA CREMERIE-SIXE
PETROPOLIS

Livraria Parthenon, na
Vila Normanda
1946-50

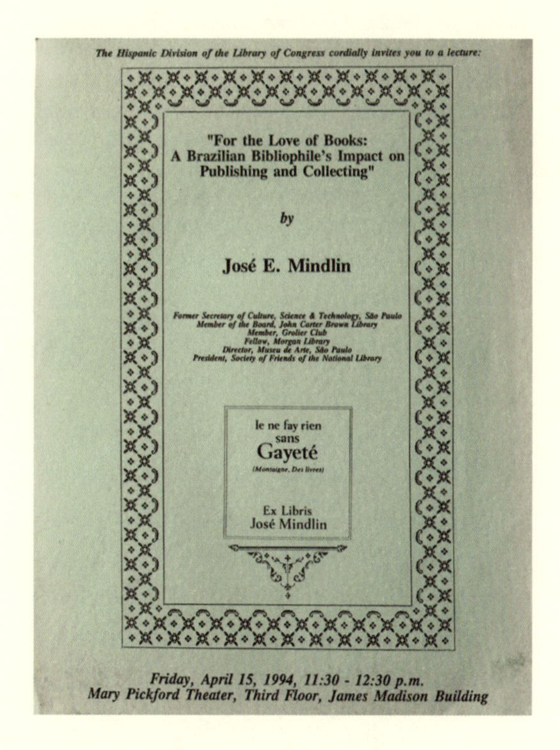

The Hispanic Division of the Library of Congress cordially invites you to a lecture:

**"For the Love of Books:
A Brazilian Bibliophile's Impact on
Publishing and Collecting"**

by

José E. Mindlin

Former Secretary of Culture, Science & Technology, São Paulo
Member of the Board, John Carter Brown Library
Member, Grolier Club
Fellow, Morgan Library
Director, Museu de Arte, São Paulo
President, Society of Friends of the National Library

le ne fay rien
sans
Gayeté
(Montaigne, Des livres)

Ex Libris
José Mindlin

Friday, April 15, 1994, 11:30 - 12:30 p.m.
Mary Pickford Theater, Third Floor, James Madison Building

Ao lado: Guita e José, recém-casados, 1938.

S. G. - S.S.P. - Mod. 8

SECRETARIA DE ESTADO DOS NEGÓCIOS DA SEGURANÇA PÚBLICA
DEPARTAMENTO ESTADUAL DE ORDEM POLITICA E SOCIAL-DOPS.
A R Q U I V O   G E R A L

MM/16
INFORMAÇÃO Nº 166/75

Em atenção ao V.Q.C.,de 6.2.75,temos a informar o seguinte:-

JOSÉ EPHIM MINDLIN.

Consta de nossos arquivos o nome de JOSÉ EPHIM MINDLIN,filho de Ephim Henrique Mindlin e de Fany Mindlin, natural de São Paulo-Capital,nascido aos 8.9.1914,casado,advogado,residente à rua Princesa Izabel,nº 445-Brooklin Paulista-R.G.nº 187.475,o qual encontra-se aquí prontuariado desde 3.12.1942,ocasião em que foi detido para AVERIGUAÇÕES.Consta da papeleta de recolha que o motivo da prisão foi por ATIVIDADE POLITICA.Na mesma ocasião foi identificado neste Departamento.Foi pôsto em LIBERDADE em 4.12.1942.Usa,ainda,o nome de JOSÉ MINDLIN(Dr.).É só o que consta.

Informado por Marcial Macias.

São Paulo,6 de fevereiro de 1.975.

Argemiro Laurindo Carbonelli.
Chefe do Arquivo Geral-DOPS.

Na década de 1940 Mindlin assumiu a vice-presidência da CIP – Congregação Israelita de São Paulo e prestou auxílio aos judeus perseguidos por regimes fascistas em alguns países europeus. Em 1942, foi detido para "averiguações" (circulava um boato de que estaria sendo formado um batalhão judeu em São Paulo). Nessa ocasião, Guita levou livros para ele, em vez de comida; mas com ele, fora preso Roberto Lichtenstein, presidente da CIP, para o qual sua esposa levou sopa de lentilhas. Vai daí que José pôde tomar uma boa sopa de lentilhas, lendo Baudelaire! Em 1975, na sua breve estada no cargo de Secretário de Cultura, Ciência e Tecnologia do Estado de São Paulo, ele foi chamado por alguns de comunista, "secretário-cor-de-rosa"!

Fanny Mindlin, no Lar dos Velhos criado por ela e Ephim, e dirigido por ela depois da morte deste, atropelado, aos 52 anos. Na foto, inauguração de um pavilhão para inválidos, em 1954.

Metal Leve: reconhecendo o terreno onde seria construída a fábrica de Santo Amaro, da direita para a esquerda, Henrique E. Mindlin, A.Buck. Na foto ao lado, Luiz Camillo de Oliveira Netto, grande amigo e sócio do empreendimento. Abaixo, José observando pistão com Juscelino Kubitschek, final da década de 1950.

José, na Metal Leve, diante de máquina de controle numérico, grande avanço para a época; na bancada, cabeças de pistões articulados, invenção da Metal Leve para motores Diesel.

A propósito: o que é um pistão?

Um destino prescrito

JC. Percebo que os fundamentos da biblioteca que resultaram na coleção são muito mais profundos. Será que se consegue uma explicação? Será que a base da biblioteca transcende sua história pessoal?

JM. Se tivesse que definir minha experiência pessoal pelas aventuras vividas, teria que começar pela infância remota. Parece que estava predestinado a ter uma vida bem agitada. Eu nasci em setembro de 1914, e em outubro meus pais optaram por fazer uma longa viagem familiar, para os Estados Unidos. Não sei bem dizer o porquê dessa aventura, talvez tenha sido motivada pelo fato de mamãe ter saudades das irmãs, para promover um reencontro familiar, sei lá... De toda forma, resolveram ir para lá e, por alguma razão, não quiseram pegar nenhum navio nacional, do Lloyd [Companhia de Navegação Lloyd Brasileiro]. Decidiram por um navio inglês, o Voltaire – aliás, não deixa de ser engraçado um navio inglês se chamar Voltaire. Pois bem, o tal navio, nas costas do Pará, foi interceptado por um cruzador alemão e todos os passageiros tiveram que desembarcar nos frágeis e temíveis salva--vidas. No processo de transferência para a terra, que foi bem atribulado, diga-se, ao retirarem as bagagens, boa parte dos pertences dos viajantes caiu no mar e se perdeu... Enfim, os alemães procuraram esvaziar o navio, tirar a população e pôr o navio a pique. E assim aconteceu. Logo no começo da guerra fui feito prisioneiro dos alemães! Imagine a situação: meus pais com três crianças, eu com apenas 6 semanas de vida, minha irmã com 2 anos, meu irmão mais velho com 4 anos. Fomos para Belém, onde ficamos no aguardo do Lloyd e, por fim, ironicamente, embarcamos nesse navio. Foi mesmo assim: eu estava destinado a ter uma vida aventureira desde o começo...

JC. Então a viagem aos Estados Unidos teve outro fundamento. Poderia explorar melhor o caso?

JM. Fomos aos Estados Unidos, mas voltamos logo. No fundo, acho, era uma tentativa de refazer laços familiares, só isso. Esses contatos familiares com o exterior continuaram e até hoje há alguma notícia de parente que reponta aqui e ali. Aquela nossa ida em 1931 a Nova York é uma prova disso, mostra o esforço para não se perder completamente a unidade familiar. Quando fomos em 1931, ficamos hospedados em casa de tios, e a presença de gerações diferentes mostra a preocupação que, no fundo, era um pouco defensiva, por causa de nossa origem judaica dispersa por alguns países. A amizade com esses primos continuou pelo resto da vida, ainda que atualmente só tenhamos uma única prima viva morando por lá.

JC. E o que aconteceu com o resto da família? Como a Segunda Guerra afetou a continuidade dos contatos?

JM. Com o pessoal da Rússia tudo foi mais difícil. Restou apenas uma prima, filha de uma irmã de papai, que veio ao Brasil em 1928, mas não diretamente da Rússia, pois tinha se transferido antes para a Romênia. Papai insistiu muito para que se mudasse para o Brasil, isso ainda antes da guerra, mas havia impedimentos, algo do tipo um filho que estava estudando Engenharia na Bélgica e, por isso, ela achou que estavam bem lá e assim decidiu que não havia razão imediata para mudar. Erraram feio porque daí estourou a guerra e se deu o desastre do extermínio: minha tia e meu tio morreram, meu primo, que tinha se casado, tentou sem sucesso ir para Israel. Num ato meio desesperado eles nos pediram socorro. Eu havia recebido um telegrama solicitando que conseguisse um visto para o Brasil; providenciamos tudo, mas, no dia seguinte ao embarque, abri o jornal e li a notícia fatídica dizendo que o navio em que eles estavam tinha sido torpedeado. Eles morreram em pleno mar. Então, até onde sei, restou apenas mais uma prima morando na antiga União Soviética, mas não exatamente na Rússia, e sim creio que no Quirguistão. Quando estive na Rússia em 1965, fiz contato, convidei essa prima para ir a Moscou me encontrar, pois eu podia mandar coisas para ela, inclusive comprar um automóvel que, mesmo sendo um processo lento, era uma forma de ajudá-la. Ela, na eventualidade de receber o automóvel, poderia vendê-lo e teria então alguma folga. Durante uns anos mantivemos esse contato, mas depois ela faleceu. Ainda que a filha dessa parenta continue em contato conosco, tudo ficou mais difícil e precário. Sei que agora a filha mora em Israel.

JC. Quais os efeitos dessa dispersão familiar em sua vida? Como ficou o problema da identidade pessoal e dos demais parentes?

JM. Essa conversa sobre familiares me leva a uma reflexão a respeito da experiência de imigrantes. É importante notar que procuramos manter relações formais, de família, com os parentes "de fora", mas em casa sempre houve uma determinação clara da proposta de uma identidade brasileira. Ser brasileiro, viver e atuar na sociedade brasileira, sempre foi uma alternativa abraçada por todos como única e determinante. Desde que éramos crianças, nossa preocupação foi integrativa, nacional-brasileira. Não éramos alheios aos demais judeus, em particular aos judeus russos. Havia até uma razoável colônia de judeus russos em São Paulo e eles mantinham algum contato definido pela procedência. Papai era amigo dessa gente, mas mais no sentido solidário do que de criação de uma colônia separada, isolada. Lembre-se do sempre ardente interesse intelectual de meu pai. Nessa linha, então, os artistas russos que vinham ao Brasil, pianistas, violinistas, músicos em geral, se chegavam a nós. Nossa casa era uma espécie de central do mundo artístico russo no Brasil. A bailarina Anna Pavlova, por exemplo, era recebida em nossa casa, onde esteve por várias vezes. Em casa eram realizados encontros artísticos, montavam-se programas culturais, faziam-se reuniões.

JC. Essas ligações eram artísticas e culturais e davam-se na casa de seus pais... Havia outros propósitos? Como ficou o comportamento da família depois da guerra?

JM. De início, moramos na rua Marquês de Paranaguá, uma travessa da Consolação. Vivemos lá de 1919 a 1936. A proposta de atuação social de meu pai era apenas cultural, intelectual e artística. Naqueles dias, ainda antes da guerra, não existia nenhuma ligação política. Nenhuma. Nossas atividades com entidades judaicas propriamente ditas apenas começaram com os efeitos do nazismo. Aí, sim, papai entrou no Comitê de Ajuda aos Refugiados e em função disso foi formada a Congregação Israelita Paulista, a CIP, da qual papai foi um dos fundadores. Meu irmão Henrique também. Mas durante a guerra, quando o Brasil entrou no conflito, foi proibida a presença de diretores estrangeiros em entidades daqui e então foi eleita uma diretoria brasileira, da qual o Henrique e eu fizemos parte. Isso resultou em certo mal-estar com os sócios estrangeiros porque muitos deles achavam fundamental priorizar a atenção a Israel; nós, de outra ala, achávamos que lealdade política só podia existir uma, e no caso seria com o Brasil. Isso se devia ao fato de o governo de Israel, depois de instalado, tentar uma cobrança de impostos dos judeus de todo o mundo. Nós resistimos a isso dizendo que eles podiam pedir doações voluntárias, mas não cobrar impostos, o que, afinal, representaria uma dupla lealdade política, um comprometimento pouco cabível. Depois, passado o conflito, a direção brasileira foi substituída por outra composta por judeus alemães, italianos, principalmente. Um dos resultados positivos disso é que se formou um polo de solidariedade, e nós continuamos colaborando com as entidades israelitas apolíticas.

JC. Havia algum elemento, alguma pessoa, que representasse uma memória do passado russo na família?

JM. Por essa época, minha avó paterna tinha chegado dos Estados Unidos, para onde fora depois de deixar a Rússia, de onde saiu, acho, por volta de 1926. Vovó morava no Bom Retiro, na rua Newton Prado; era religiosa, residia em frente à sinagoga que frequentava. Tenho histórias interessantes dessa experiência religiosa dela. Vovó morava sozinha com uma empregada e, um belo dia, sem avisar, papai chegou lá e ouviu um barulho, um movimento incomum, e então notou que na sala de entrada acontecia algo: estavam retirando os talheres apressadamente. Meu pai então perguntou o que acontecia e minha avó, pedindo para que ele não ficasse nervoso ou preocupado, disse: "São os velhinhos que estão morando no porão e almoçam aqui, comem aqui comigo". Surpresa geral!... Surpresa absoluta, pois ela não tinha dito nada a ninguém e não supúnhamos tal atitude dela que, a nosso ver, poderia até ser perigosa. Em surdina, vovó acolhia os velhinhos pobres do Bom Retiro.

JC. Mas os recolhidos eram apenas judeus?

JM. Esses velhinhos pobres eram todos judeus russos, mas isso se explica pelo fato de ela não falar português, apenas iídiche. A lição de minha avó frutificou. Depois desse dia, papai chegou a casa e disse a todos: "Acho que nós devíamos reunir um grupo de amigos e fundar um lar para os velhos, porque é inadmissível que haja gente que precise ser recolhida por esmola". Foi assim que foi fundado o Lar dos Velhos, que até hoje existe na Vila Mariana. Foi uma pena que papai não tenha visto o Lar pronto. Ele morreu em 1939, e a casa apenas foi aberta aos interessados em 1941. Mamãe assumiu a superintendência desse Lar dos Velhos e trabalhou lá, diariamente, até 1962, quando morreu. Posso dizer que por meio da atitude de minha avó paterna, repassada para minha mãe, dava-se um novo contato com a coletividade israelita, mas não era algo que tivesse a ver com um programa de apoio aos judeus, era mesmo mais uma atitude humanitária.

JC. Fica evidente a marca liberal de sua educação, não? Essa é uma linha permanente, contínua?

JM. Um dos traços mais confortantes de minha história sempre foi o fato de manter independência de pensamento e pessoal. Minha história de vida é prova do resultado de uma educação liberal. Sempre vivi em ambiente liberal, aberto, plural, e de muito debate. Tanto em casa como no trabalho n'*O Estado de S.Paulo*, o ambiente era muito democrático, de oposição ao Estado Novo e a qualquer regime forte. Tenho certo orgulho de dizer que a tal ponto cresceu em mim o ideal liberal que sempre fui oposição. Sim, sou um eterno "do contra". Em todos os governos, exceto Juscelino, eu sempre me posicionei "do outro lado" e tenho até certa soberba de dizer que não votei no Adhemar, não votei no Jânio, não votei no Maluf, não votei no Collor. O irônico é que com isso eu sempre perdi. Apenas votei duas vezes em candidatos que ganharam: Juscelino e Fernando Henrique, de quem eu já era amigo. Eu votei no Lula contra o Collor. Votei porque apreciava o Lula, a quem conheci em 1980, na fundação do PT. Então, ele estava na presidência do Sindicato dos Metalúrgicos, e, um dia, recebi uma carta dele, convidando-me para ir ao sindicato.

JC. E o que o Lula queria com o senhor?

JM. Na mensagem ele afirmava que queria conversar comigo e que, caso não pudesse ir, ele iria até a Metal Leve porque gostaria de me conhecer e ter uma conversa. Enfim, pedia para que nós estabelecêssemos um contato. Pensei, pensei, e cheguei à conclusão de que seria mais razoável eu ir ao sindicato e não convidá-lo à Metal Leve, e fui com meu filho Sergio, que na ocasião estava no setor de Recursos Humanos da empresa. Fomos preparados para uma conversa de meia hora, mas ficamos quase duas, conversando. Confesso que saí muito impressionado com a inteligência e a habilidade do Lula; notei nele uma rara intuição, que, aliás, era óbvia. Depois disso, mantivemos contato durante anos e ele até certa vez me convidou para discutir um manifesto que o PT queria lançar, isso já no final do regime militar. A esse convite, respondi que eu podia ir com muito prazer, mas achava que um manifesto naquela época devia ser lançado pelo PT junto com a Fiesp. Ele, pensando em minha proposta, vislumbrou que a coisa não iria funcionar, que a Fiesp não concordaria, mas, assim mesmo, eu fui com vários diretores procurando estabelecer um contato.

JC. E o que aconteceu? Houve entendimento entre o PT e a Fiesp?

JM. Não houve entendimento. Na realidade, ele tinha razão, pois no final isso realmente não durou muito, embora na Fiesp houvesse quase 180 graus de opiniões políticas. Mas não posso dizer que não tenho amigos no governo Lula; o ministro Gil me convidou para dirigir a Biblioteca Nacional, e eu recusei, dizendo, em tom de brincadeira, que a essa altura da vida eu não podia aceitar o convite, que era honroso, mas arriscado, porque ele, muito imprudente, me colocaria em lugar de alto perigo. Mais ou menos assim: "Como é que você vai nomear um bibliófilo para viver no meio dos tesouros da Biblioteca Nacional? É uma tentação muito forte e você põe em risco um patrimônio público". Conheci o Gil por ocasião do quinto centenário da chegada dos portugueses ao Brasil. Houve para isso uma comissão luso-brasileira, da qual os dois participamos, juntamente com o Marco Maciel presidindo pelo lado nacional e o Mário Soares pela parte portuguesa. Foi assim que fizemos amizade.

JC. Mas o senhor convive com grupos politizados, com gente do governo. Como se dá com a esquerda?

JM. Sempre prezei muito minha independência de pensamento, de liberdade de ação. Isso é interessante porque vivo entre amigos que, em sua maioria respeitável, são gente de esquerda, mas é preciso qualificar essa esquerda: democrática. Não se trata de ativistas sem causa, de gente sem opinião. São pessoas muito sérias, mais reformistas que propriamente revolucionárias. Como sempre estive na oposição, e oposição no Brasil quer dizer esquerda, sou considerado alguém de esquerda. Mas não sou vinculado a facções, partidos, ou tendências extremistas. Não, longe de mim isso. Minha formação foi muito individualista, e sempre resisti em trabalhar com alguém que pensasse ou quisesse pensar por mim. Então, nunca fui de partido nenhum... Nem do centro. Mas sempre sou considerado de esquerda. Quando fui Secretário da Cultura do Estado, eu era visto pela ala radical dos militares até como comunista e, acredite, chegava-se a falar que eu era agente de Moscou. Teve um sujeito que inclusive me chamava de "secretário cor-de-rosa", que se referia a mim como se eu fosse um radical. Mas isso é bobagem.

JC. Então como o senhor se classificaria politicamente entre a esquerda e a direita?

JM. Basta dizer que me considero liberal, reformista. Agora, disciplina partidária era uma coisa que dificilmente eu poderia aceitar. Se tivesse que destacar um momento em que minha personalidade política se expressou com consciência, creio, seria na nascente dos anos 1930. Estando no jornal, no *Estado*, vivi um ambiente autenticamente liberal, e não foi só no movimento de 1930, não. O *Estado* naquela época e principalmente depois, no Estado Novo, apoiou muitos jornalistas de esquerda, acolheu, por exemplo, Cláudio Abramo, entre outros. Mas devo dizer que mantinha relações com pessoas de outras orientações políticas e sempre travávamos verdadeiros debates. Na faculdade tinha um bom amigo, neto do Campos Salles, Manuel Ferraz de Campos Salles Neto, que se assumiu integralista, mas, depois de muitas e muitas conversas, consegui convencê-lo do absurdo que era aquilo. Foi um diálogo amigável, respeitoso e fundamentado. O resultado disso é que ele deixou a Ação Integralista. Roland Corbisier era também colega de turma quando o Campos Salles Neto começou a formar o grupo integralista, e nem por isso rompemos. Veja que nesses debates eu atuava como cidadão brasileiro e não assumindo uma postura de defesa judaica. Aliás, convém lembrar que havia muitas entidades políticas judaicas, principalmente no Bom Retiro, com as quais nunca tive contato.

Neutralidade comprometida e memória dos lugares

JC. Suas atitudes no mundo social influenciaram o andamento da biblioteca?

JM. Em termos da biblioteca, essa postura liberal foi sempre transparente. Minhas convicções políticas nunca afetaram a formação da coleção. Nunca... E nem poderiam, pois conhecia textos comprometidos de Gustavo Barroso – como *Brasil: colônia de banqueiros* –, mas na biblioteca, em coerência com o conjunto, entrou como autor de expressão, mais como contista, folclorista, pois, afinal, tratava-se de um escritor e não de um agente do nazismo. Confesso, porém, que tinha fortes razões para suspeitar dele, e até, a propósito, lembro-me de uma carta do Barroso ao Goebbels, dizendo algo assim: "Estamos esperando as suas instruções", mas isso também decorria de um tempo e da situação de guerra. Sobre minha isenção para fazer esse tipo de julgamento, tenho até um caso interessante para contar. Quando morreu o Plínio Salgado, a biblioteca dele foi posta à venda e nela havia uns livros portugueses do século XVI muito raros, que me interessavam bastante. Comprei-os e quando cheguei em casa com os livros, Guita olhou espantada e reclamou: "Como é que você foi comprar livros do Plínio Salgado?". "O Plínio Salgado, que a terra lhe seja leve, ou pesada, mas os livros não têm nada a ver com ele. São livros importantes para a Brasiliana: legislação do século XVI, leis sobre o Brasil", respondi. Ela protestou, porque achava que eu não podia ter contato de espécie alguma.

JC. Quer dizer que dona Guita foi uma importante interlocutora na constituição da coleção...

JM. Esses diálogos com Guita mostram como ela foi atuante na formação da biblioteca. Aliás, ocorreu uma coisa muito engraçada que mostra o seu empenho em nosso projeto. Creio que foi em 1977 ou talvez em 1978, num período de chuvas, grandes chuvas, e, em decorrência de tanta água, houve ameaça de ruptura da represa de Santo Amaro, que supostamente inundaria toda esta parte da cidade até a avenida Brigadeiro Luís Antônio. Eu, por razões profissionais, estava fora da cidade e ela, sozinha em casa, ouvindo o rádio, entrou em aflição e começou a imaginar o pior. Depois ela me contou que pensou: "E se esta casa for inundada, o que eu levo, o que vou salvar?". E elegeu como "o grande tesouro" a primeira edição ilustrada do Petrarca. Isso demonstra a identificação dela no projeto da biblioteca. Veja que ela deixaria qualquer outro bem material para salvar um livro. E realmente Petrarca é uma das grandes raridades da biblioteca.

JC. A propósito, as mudanças de espaços, de uma casa para outra, também afetaram bastante a biblioteca, não?

JM. A geografia dos espaços ocupados pelos livros pode explicar muito da biblioteca e também da nossa trajetória. Mesmo antes de ela existir, havia em mim certo instinto de colecionador e isso fez com que sempre pensasse meus espaços em relação aos livros. Eu nasci na rua Cincinato Braga e a Guita, curiosamente, nasceu na Treze de Maio, numa casa que tinha saída para a Cincinato Braga, de modo que brincávamos muito dizendo que nós dois nascemos no Paraíso e com a biblioteca encontramos outro, "nosso outro paraíso". Os livros, portanto, sempre estiveram entre nós e em nossos planos de moradias. É por isso que digo que não sei se a biblioteca foi nossa ou se nós é que fomos da biblioteca. Não tenho como me explicar ou explicar a vida de minha família sem os livros. Tudo sempre gravitou em torno de leituras, de novos livros comprados...

JC. E onde foram morar com a biblioteca?

JM. Depois da Cincinato Braga, fomos, meus pais, irmãos e eu, para a rua Sena Madureira, em um casarão enorme, que era geminado. Nossos vizinhos, lembro-me bem, eram uma família alemã e nós sussurrávamos esta e outras cantiguinhas em voga então: "Morra, alemão, na boca do canhão". Enfim, isso era coisa da infância e nem sabíamos direito o que significava. De lá mudamos para a Marquês de Paranaguá, na Consolação, e estudávamos na Escola Americana, na rua Itambé. Em seguida, fomos para o bairro do Tremembé, para uma casa que ficava em uma rua não calçada. Tenho saudade desse lugar porque tudo era meio bucólico, espaçoso, um pouco distante, mas muito, muito agradável e... cabia mais livro. Depois, a partir de 1936 ou 1937, fomos para a Vila Normanda. Em 1938, casei-me com Guita. Nossa primeira casa era um apartamento, e o número de livros ainda era suportável, coerente com nossas pretensões. De lá mudamos para a avenida Rodrigues Alves. Éramos já a Guita, eu e a Betty, nossa primeira filha, que nasceu ainda na Vila Normanda. Em seguida viemos para cá, para esta casa. Com isso estou dizendo que em nossa vida de casados só tivemos três mudanças: quatro anos na Vila Normanda, outros seis na Rodrigues Alves e em 1948 viemos para a rua Princesa Isabel. Nesta casa tivemos que ir nos apertando entre os livros até construirmos os dois anexos e ainda tivemos que arranjar mais um apartamento para guardar outros livros. Nesse roteiro, a biblioteca foi evoluindo progressivamente. Na Vila

Normanda, ainda a biblioteca era a de papai e mamãe, coleção modesta, de casa de família. Eu já comprava os livros, mas como estava namorando a Guita, levava os "novos" para ela guardar em sua casa, porque na hora em que nos casássemos não haveria problemas de separação das partes. Como antes guardava alguns em meu quarto, esses ficavam sendo os de uso imediato, mas em geral deixava os "novos" com ela. Confesso que tinha noção de que a minha biblioteca seria independente do conjunto familiar, isso desde 1927.

JC. Que memória tem da biblioteca de seus pais? Há transparências dessas lembranças em sua coleção?

JM. Em casa de meus pais, na rua Marquês de Paranaguá, lá pelo ano de 1927, a biblioteca familiar ficava no living. Eu repartia um quarto com o Arnaldo, meu irmão menor, e o Henrique tinha outro só dele. Entre os dois havia uma espécie de depósito onde guardava meus livros. Cada um tinha o seu núcleo de livros, principalmente o Henrique, que mantinha os dele separados. O curioso é que o Henrique tinha pouco interesse pelas coisas antigas. Porque queria ser arquiteto, olhava para o futuro e, assim, não tinha livros relacionados com o passado. A ele interessavam os modernos, os modernistas. Devo dizer, a propósito, que ele, inclusive, fez parte da primeira geração de arquitetos modernistas de São Paulo, juntamente com os irmãos Marcelo Roberto e Milton Roberto, e Álvaro Vital Brazil. A coleção do Henrique não abrigava propriamente livros raros ou variados, mas ele formou uma pequena biblioteca judaica, preocupação que eu não tive. Aliás, tenho muito pouca coisa judaica na biblioteca e mesmo assim são mais de fundo histórico, algo como história da Inquisição. É engraçado pensar que ambos gostávamos de livros, mas eu fixado no passado e ele com olhos no futuro.

Guita, alma dos livros

JC. Seria correto dizer que a biblioteca se tornou "sua", quando dona Guita também a assumiu como dela?

JM. Creio que sim. Foi em 1936 que Guita começou a guardar nossos livros e, então, minha proposta amorosa com ela foi sendo selada à medida que ela também guardava "nossos" livros. É curioso, mas desde o começo uma coisa foi ligada à outra: Guita, livros; livros, Guita... Lembro-me muito bem de que, uma vez, contei para a Guita que tinha visto na praça da Sé, na Livraria Gazeau – que foi o primeiro grande sebo do Brasil –, uma edição boa do *Jean-Christophe*, de Romain Rolland, em cinco volumes ilustrados por Frans Masereel, mas o dono da livraria, um francês de nome Eugène, pedia dez mil-réis e olhe que dez mil-réis, para mim, eram uma fortuna, pois estava ainda no último ano da faculdade e não tinha independência econômica capaz de sustentar tais caprichos. Na ocasião, nessa compra, tinha pouco dinheiro e teria que fazer uma opção: ou adquiriria outros livros interessantes ou aquele precioso. Pensei, olhei para aqueles volumes, mas não comprei nada imediatamente. Resolvi adiar um pouco, falei mais tarde com Guita e com ela concluí que o dinheiro voltaria, mas que os livros às vezes não voltavam. Fui ao livreiro e lá fui informado que o livro tinha sido vendido... Fiquei frustrado, lastimando a perda com muita pena, mas meses depois veio a grande surpresa: quando chegou o meu aniversário, ela me deu o *Jean-Christophe*, o mesmo Romain Rolland que eu tinha sonhado comprar... Creio que isso dá a medida do entendimento entre Guita e eu. Um gostava de completar o outro.

JC. Vale dizer que a proposta romântica entre o casal era mediada por livros? Sempre foi assim?

JM. Sempre que esse assunto surge, conto a história de meu primeiro encontro com Guita. Foi no pátio da faculdade de Direito... Alguns colegas tentavam envolvê-la em programas políticos e acadêmicos quando eu surgi. Fui até ela e disse que bom mesmo, o melhor "partido", seria eu. Lembro das minhas palavras: "Olhe, tudo isso é bobagem, é besteira essa coisa de política estudantil, mas se você quer mesmo um bom 'partido', este está aqui, bem em sua frente: sou eu". Era, obviamente, uma brincadeira, mas ela gostou e, assim, o que era troça virou algo sério, definitivo. Acho que a guarda de meus livros significava para Guita uma proposta de noivado e casamento. Na verdade, começava um duplo casamento dela, comigo e com a coleção de livros. Minha vida com Guita e com os livros sempre foi muito determinada e de troca. Vivemos um para o outro e os dois para os livros e para a família. Isso foi desde o começo.

JC. Com certeza os livros passaram a ser um emblema para a vida de vocês. Houve outras dimensões significativas do livro como pretexto para presentes ou trocas?

JM. Os livros passaram a significar quase tudo para nós. Imagine que um dia, logo no começo de nosso namoro, ela se queixou de que não alcançava pôr os pés no chão nas aulas da faculdade. Ela era baixinha e no prédio antigo os bancos eram muito altos. Então eu disse: "Vou arrumar um banquinho para você levar para as aulas e pôr os pés". Acho que ela duvidou de minha criatividade e então disse: "Como é que eu vou carregar o banquinho, como vou levar um banco para a sala de aula?". Sem dizer nada, dei um jeito. Desenhei um livro que ao se abrir viraria um banquinho, com molas automáticas. E tem mais, na lombada ainda fiz inscrever, como se fosse um livro de verdade, *Direito bancário*. Mandei fazê-lo aqui em São Paulo – tínhamos um encadernador muito competente, um espanhol chamado Marti, com quem Guita até chegou a estudar encadernação. Nós já estávamos namorando, mas dizem as más línguas que esse foi o instrumento de sedução. Sedução, aliás, que já existia de parte a parte. Entre um *Jean-Christophe* de Romain Rolland e um *Direito bancário*, íamos escrevendo nossa história.

JC. E como funcionava a leitura entre vocês? Certamente, não compravam livros apenas para a coleção.

JM. O livro passou entre nós, desde cedo, a ser um objeto de união, um ponto de encontro, não apenas coisa de colecionadores. O primeiro livro que eu li para ela foi *A megera domada*, de Shakespeare. Isso também era uma brincadeira, mas ela gostava. Eu lia para ela, quando solteiro, em sua casa e mais tarde em nossa própria casa. Além disso, minha família possuía uma fazendinha que se chamava "Chacrinha", em Campinas, e ela ia para lá e também nessas ocasiões lia para ela. Namoramos por dois anos. Conhecemo-nos em março de 1936 e nos casamos em 1938. Nosso noivado foi simples, apenas uma festa em casa para reunir as famílias. No casamento, no entanto, houve dois rabinos, um que pediu ao pai dela para ser o oficiante e outro, o Pinkus, que pediu ao papai que fosse também celebrante. Acho que precisava de dois mesmo porque um seria para nós e outro para os livros. Casamo-nos com uma bênção religiosa dupla.

JC. Pode-se dizer que houve um determinado momento em que os livros viraram coleção?

JM. Foi quando nos mudamos para o apartamento da Vila Normanda e juntamos os livros de um e de outro lado. Acho que a partir daí já seria justo dar à nossa coleção de livros o nome de biblioteca. Os primeiros móveis que "nós" fizemos para o apartamento foram caixas, para a estante de livros. O meu irmão Henrique foi quem as desenhou. Foram feitas doze caixas no total, o que não era coisa pouca, pois à altura do casamento já tínhamos uma quantidade considerável de livros. As outras coisas, demais móveis, mandamos fazer fora: uma mesa, uma cama, armários. O dormitório veio da fazenda. Enfim, era um mobiliário simples porque não tínhamos muita folga econômica. É incrível, mas os filhos só chegaram depois dos livros! Os livros vieram antes dos filhos até porque, quando nos casamos, a Guita estava na faculdade, no terceiro ano, e só se formou em 1940. Temos uma foto tirada em 1942 que dá bem a ideia do tamanho da biblioteca. Gosto dessa foto até porque ela retrata como nos vestíamos e a disposição dos móveis e, sobretudo, mostra como convivíamos com os livros.

A coleção industrial

JC. Imagino que a biblioteca teve fases de crescimento. Havia alguma relação entre suas atividades profissionais e os fluxos de compra de livros?

JM. Mais tarde houve um tempo em que a biblioteca cresceu extraordinariamente. Isso foi bem depois, lá pelo ano de 1950. Foi quando eu comecei a viajar pela Metal Leve que, aliás, foi fundada naquele ano. O grande passo de crescimento da Metal Leve foi dado em 1954, quando a Ford nos sugeriu que fizéssemos uma fábrica de bronzinas, elementos importantes em todos os motores a explosão. A Metal Leve fazia pistões, e a Ford foi nossa primeira cliente. Para bom atendimento à própria Ford, a direção daquela empresa recomendou a fornecedora dela nos Estados Unidos para nos dar assistência técnica. Foi um longo processo de instalação e a fabricação mesmo só começou em 1957. Nessa trajetória, fui várias vezes aos Estados Unidos para negociar com a fornecedora e, em algumas viagens, depois ia à Europa. Foi assim que comecei a comprar mais e mais livros de livreiros. Nos Estados Unidos, ainda eram livrarias pequenas, sebos mesmo, mas, na Europa, havia grandes casas, algumas estabelecidas há muitos anos. Eu conhecia esses livreiros desde os meus 15, 16 anos, mas apenas por catálogos. Aliás, aprendi muita coisa nos catálogos, que eram bem detalhados na descrição dos livros, folhetos e mapas à venda. Quando digo Europa, falo especialmente de Lisboa, Paris e Londres, apesar de que, quando ia a negócios à Europa, era para a Alemanha, país que dava assistência para a Metal Leve. Mas o sonho mesmo era a Inglaterra, verdadeiro celeiro de livros raros. Tanto na Inglaterra como em Portugal comprei coisas importantes, nos anos de 1958, 1959 e 1960. Dentre tantas, havia uma grande livraria que era a mais importante para livros raros na Inglaterra, a Maggs Bros., e eu tinha os catálogos deles. Sempre gostei do prestígio dessa casa e prezo muito uma história que se passou em 1938, quando os proprietários levaram para o campo todas as raridades da livraria. Porque se previa o início da guerra e com isso o possível bombardeio de Londres, seria prudente salvar o material valioso. Na verdade, o que ocorreu foi uma espécie de premonição, pois o prédio em que estavam em Londres foi bombardeado, portanto, por sorte, o estoque principal de livros raros estava resguardado no campo. Só começaram a trazer o valioso fundo de volta a Londres em 1958. Coisa do destino, acaso puro: calhou de eu estar lá com a Guita e aí comecei a comprar livros mais importantes. Por essa ocasião, a biblioteca cresceu de verdade, e foi aqui, na Princesa Isabel, que pensei em estabelecer definitivamente o núcleo dos livros... E por isso nunca mudamos de lugar. O que seria transportar estes livros de um lugar para outro? Apenas agora, com a doação da Brasiliana à USP, vamos fazer uma última mudança...

JC. A compra de novos livros alterava a disposição dos antigos ou eles eram misturados? Como eram anexados os livros novos? E as grandes compras – de coleções formadas –, como eram agregadas?

JM. Gosto dessa pergunta... De início tínhamos uma estante composta com os mesmos volumes que mantemos até hoje. Na verdade, houve mínimas alterações e tudo se restringia aos espaços funcionais da casa. Com as novas compras, dava-se a necessidade de ampliação, vieram os acréscimos; primeiro um, depois o segundo, e finalmente expandimos para o apartamento aqui em frente, na rua Assis Brasil. Nesse caso, o aluguel do apartamento se explica por conta de uma biblioteca que comprei na Bahia. Era uma coleção de um amigo, Erthos Albino de Souza, homem que, acho, viveu para os livros. Ele era um solteirão, engenheiro, uma espécie de patrono dos modernistas, dos irmãos Campos, por exemplo. Creio que ele mesmo tinha publicado alguma coisa, mas não se destacou tanto. Éramos amigos, mas depois ele ficou com Alzheimer e foi naturalmente se afastando do meio. Ao morrer deixou sua vasta biblioteca, que guardava em dois apartamentos. A vida desse sujeito era muito estranha, pois tinha uma única irmã, que morava nos Estados Unidos e a quem ele não via há cerca de quarenta anos. Com a doença do irmão, essa senhora veio ao Brasil para tomar conta dele; e depois de sua morte tinha de resolver o que fazer com a biblioteca. A solução foi vender. Aí ela me telefonou oferecendo o conjunto, porque não saberia dividir a coleção ou colocá-la no mercado. Ela nem sequer tinha noção de valor. Acabei comprando tudo sem questionar muito o sentido da coleção ou da integração dela na nossa. Uns anos depois, ainda na década de 1960, como aquela era uma biblioteca grande, com cerca de 6 mil volumes e, sendo que muitas coisas eu já possuía, fizemos uma seleção e ficamos com aproximadamente 2 mil volumes.

JC. E o que faziam com o excesso, com os livros repetidos, por exemplo?

JM. Como tínhamos limitação de espaço, optamos por doar a grande maioria desses livros para uma faculdade de Letras na cidade de Pedro Leopoldo, perto de Confins, em Minas Gerais. A decisão desse local deveu-se à indicação de uma amiga querida, Marisa Lajolo, que havia ido lá, testado a qualidade do estabelecimento, que era boa, apesar da carência da biblioteca. Enfim, doamos mais ou menos 4 mil volumes. Tempos depois recebi outra chamada telefônica na mesma linha. Uma pessoa do Recife dizia ser responsável pela venda de outra biblioteca, de alguém que havia morrido há mais de quinze anos. Os livros estavam encaixotados num apartamento no centro e, como não dava mais para sustentar isso, queriam vender. Eu tinha um amigo, historiador no Recife, Leonardo Dantas, e, considerando a oferta, pedi-lhe que fosse ver os livros. Ele aí me disse que havia muita coisa boa, que valeria a pena ir até lá. Fui. Eram 270 caixas, todas fechadas. Eu então perguntei ao meu amigo: "Como é que você me diz que há coisa boa se está tudo encaixotado?". Ele então me contou: "Abri ao acaso algumas caixas e em todas elas encontrei coisas boas". De fato, aproximadamente um terço de cada caixa continha algo importante. Diante disso, fechei negócio. Comprei todas as 270 caixas, todo o lote sem maiores exames. Foi um impulso que somente quem tem paixão pelos livros e um pouco de intuição pode entender. De volta para casa, disse a Guita que eu tinha comprado essa biblioteca. Como sempre, ponderada, compreensiva, mas muito prática, ela retrucou: "Tudo bem, tudo bom, ótimo, mas onde vamos colocar todos esses livros?". Minha resposta foi: "Olhe, isso é uma boa pergunta, eu realmente não sei, acho que vamos encontrar uma sala para pôr os livros". Atenta, ela começou então a procurar pelas redondezas umas salas ou um salão. Nesse processo de busca de local houve uma coincidência incrível: um belo dia, andando pela rua, Guita, de repente, deu com uma amiga que passava e, conversa vai, conversa vem, a conhecida perguntou o que ela estava fazendo pelas imediações. Guita então disse que estava procurando um local para abrigar livros e foi aí que ouviu o inesperado: "Pois é, eu tenho um apartamento exatamente em frente a sua garagem, e está vago". Então alugamos esse apartamento e as duas bibliotecas foram para lá.

JC. Mas nesse processo houve algum momento capital? Alguma compra ou aquisição que fizesse a diferença?

JM. Sim, devido às compras dessas duas coleções, nos anos de 1970, deu-se um momento de grande crescimento da biblioteca. Por razões de afinidade, nesse tempo eu visitava muito Rubens Borba de Moraes, grande e querido amigo, com quem mantive amizade fraterna, primo de uma ex-cunhada, Helena Muniz de Souza, primeira mulher do meu irmão Henrique. Um dia, depois de uma viagem aos Estados Unidos, fui almoçar com ele e, durante a conversa, ele me disse com a cara mais lavada do mundo: "Vendi a minha biblioteca". Fiquei perplexo e até demorei um pouco para falar: "Como vendeu a sua biblioteca? Como?!". Tranquilamente ele contra-argumentava: "Vendi o restante, porque os grandes livros, os volumes realmente importantes, eu os vendi há bastante tempo e, como hoje não tenho mais condições para comprar coisas de primeira grandeza, não via mais razão para continuar". Por essa altura o Rubens morava em São Paulo, para onde viera em função de problemas que teve como diretor da Biblioteca Nacional e por desentendimentos com a política institucional, o que acabou por fazer com que ele fosse demitido. Felizmente, depois disso, ele foi convidado para dirigir a biblioteca da ONU, o que foi para ele uma grande vantagem.

JC. E o que aconteceu na sequência?

JM. Surpreso com a tal notícia da venda dos livros, eu disse ainda com a voz meio embargada: "Como é, como é, mas como é que você vende sua biblioteca sem falar comigo que sou seu amigo?". Ele, impávido, disse: "Ué, eu não pensei que você pudesse se interessar". Eu, ainda sem entender, respondi: "Mas isso é um absurdo, um absurdo completo, eu poderia não ter condições de comprar, mas me interessar eu me interessaria". Eu conhecia razoavelmente a biblioteca dele e estava chocado. Rubens voltara a São Paulo depois de mais de dez anos viajando entre a Europa e os Estados Unidos, formara uma biblioteca bastante completa, e produzira uma bibliografia brasiliana de primeira qualidade. De toda forma, fomos almoçar e então resolvi voltar ao tema e disse: "Olhe, eu compraria sua biblioteca, ainda que tivesse problemas para pagar". Foi quando então ele contou o preço que havia pedido e que estava em tramitação com uma universidade norte-americana. Eu insisti e disse: "Mas, por esse preço, eu poderia pagar em quatro ou cinco anos". Ouvindo meus argumentos, ele voltou atrás, e então articulamos como agir para desfazer o negócio que ainda estava em curso. Ciente de meu interesse e da relevância da manutenção daquele conjunto de livros raros no Brasil, ali, na mesa do almoço, ele garantiu: "Então está fechado, vamos à Livraria Kosmos dizer a eles que a biblioteca não deve sair do Brasil". A Kosmos tinha sido intermediária da possível venda e imediatamente telegrafou informando aos americanos a nova resolução. Houve um detalhe cômico nessa história, pois a Kosmos precisava ser ressarcida da comissão, porque havia investido muito na tramitação e, então, como castigo, eu disse para o Rubens: "Eu pago a metade e, porque você não falou comigo antes, paga a outra metade...". Deu-se assim mais uma oportunidade de crescimento importante da biblioteca.

JC. Bem, com crescimento tão importante e com o número de livros raros e significativos que já havia acumulado, é de se supor que cada vez ficava mais difícil estabelecer critérios de compra, não?

JM. A partir daí, a compra de outras grandes coleções ficou, sim, comprometida, pois muitos exemplares postos à venda já compunham a nossa coleção. Visitei, por exemplo, a biblioteca do José Honório Rodrigues, mas não me interessei porque a grande maioria dos exemplares era repetida. Então, as aquisições passaram a ser mais esporádicas, pontuais, dirigidas.

JC. Mas houve exceções, certo?

JM. Claro. Mesmo assim, houve ocasiões em que eu comprava lotes de livros, mas na maioria eram compras avulsas. Com os meus impulsos, dependendo da ocasião, saía da linha. Uma vez, por exemplo, a Livraria Kosmos alertou que havia um colecionador de Montevidéu que tinha uma grande documentação sobre a Guerra Cisplatina. Essa tal coleção tinha mais de trezentos documentos originais daquele período e o proprietário precisava vender com urgência porque estava muito doente. Sem saber detalhes técnicos, como tamanho da coleção, condições de armazenamento, estado do material, fui a Montevidéu. Apenas na hora em que cheguei soube que os documentos estavam todos encadernados, mais ou menos 180 volumes. Então eu que fui, inocentemente, levando duas malas para trazer tudo, me vi com problemas. Felizmente eu era muito amigo do casal de embaixadores e eles, afinal, emprestaram-me mais duas malas, e me ajudaram a embalar essa coleção que é muito preciosa, composta por documentos originais. A história dessa coleção é assaz curiosa porque o Uruguai tinha um intendente oficial e os documentos eram guardados na casa do responsável e de seus sucessores, pessoas que mantiveram a documentação, passando-a aos herdeiros, e assim por diante. Os documentos iam de 1810 até 1827, quando foi selada a paz. Então, voltei com as quatro malas. Esse fato tem uns quinze ou vinte anos, e o curioso é que foi tudo muito rápido: saí daqui numa sexta-feira, fiquei lá no sábado e na noite de domingo estava de volta com as malas, que pesavam mais de noventa quilos. Ao me ver chegando com aquilo tudo, Guita disse, surpresa: "Mas eles não podiam ter mandado isso para cá, sem você precisar ter viajado com esse peso todo?". Sem saber bem o que responder, disse simplesmente: "Não, aquele pessoal é gente muito velha e não poderia tratar disso". Olhando bem para mim, Guita ironizou: "Gente velha, eles... E você?". Compras como essas aconteciam e acontecem cada vez mais espaçadamente. Grandes lotes, depois da biblioteca da Bahia, do Recife e do Rubens, eu não comprei mais nenhum.

A criatura e o criador: "loucura mansa"

JC. Tenho muita curiosidade em saber como se criou uma rede de pesquisadores. Afinal, a consulta era aberta a todos...

JM. O caminho feito para a definição da biblioteca garantiu o espírito, o jeito que ela tem. A biblioteca foi crescendo e atraindo naturalmente pessoas interessadas nos mais diversos aspectos dela. Isso é interessante, porque reflete um pouco do sentido social que adquiriu. A abertura aos pesquisadores das mais diferentes procedências é uma das marcas da biblioteca porque, normalmente, os colecionadores são ciosos, ciumentos dos próprios livros. Eu não sou bem assim, ainda que zele muito pelos livros. Em vez de pensar a biblioteca como algo exclusivo, meu e de minha família, transferi os ciúmes pessoais para os livros: acho que eles é que são ciumentos de nós. Além do sentido social, de franquear os livros para pesquisadores, tenho dois motivos a mais, complementares, para pensar a biblioteca aberta aos amigos e interessados: um, é que assumi a responsabilidade de conservar o livro antigo, documentos preciosos, coisas do passado para o futuro – daí o meu encanto pelo livro raro; dois, que sempre achei que o livro deveria ser objeto de estudo... Vejo o livro como fonte de conhecimento e isso dimensionou o sentido da abertura ao público. Logo vi que a biblioteca não poderia ser algo exclusivo nosso. Isso seria um erro, seria um equívoco reservá-la só para mim e meu círculo imediato. Isso, aliás, me faria sentir um avarento... E também é fundamental dizer que jamais pensei a biblioteca como um investimento material. Jamais... Nem admito pensar o livro raro como negócio.

JC. A reputação da biblioteca então foi se estendendo e os pesquisadores iam dando dimensão ao seu significado, produzindo trabalhos...

JM. De maneira natural, sem que se avisassem as pessoas, pesquisadores foram se chegando, ficando amigos da casa, e o rol desses pesquisadores foi se ampliando cada vez mais. Sabe, hoje nem saberia enumerar as pessoas que ficaram amigas por meio do uso da biblioteca. Pessoas como Marisa Lajolo e Ana Luiza Martins ficaram muito afeiçoadas à biblioteca, mas há outras, como Walnice Nogueira Galvão. Elas, as três, são praticamente "da casa". Fico muito emocionado quando penso na atenção que recebo de alguns frequentadores da biblioteca, em particular dessas moças citadas. Também sempre gostei muito de um jornalista, o Vladimir, Vladimir Sacchetta, que estudava Monteiro Lobato e que fez um bom trabalho sobre sua obra. Ele também é muito chegado a nós. Mas também há aqueles pesquisadores formais, esporádicos, mais distantes, que sabem da reputação da biblioteca por vias transversas e vêm aqui para pesquisas como se fossem a um lugar público. A alguns desses eu apenas cumprimento e desejo bom trabalho, mas há sempre um ou outro que começa como visita e acaba amigo. Receber gente na biblioteca sempre me alegra. Dentro de minhas condições, vejo o que eles buscam, o que querem estudar e, sempre que possível, dou indicações de obras que lhes poderiam servir. Diria que em média, hoje, temos, no máximo, dois pesquisadores por dia e nem todo dia temos gente por aqui.

JC. A presença do público, dos pesquisadores, foi a pedra de toque para que a biblioteca se integrasse como patrimônio social. O que isso significou para o senhor?

JM. Essa movimentação motivada pela biblioteca, o ir e vir de pesquisadores, a vida própria que a biblioteca adquiriu, me fez pensar que isso é mesmo uma "loucura mansa". Essa expressão "loucura mansa" pegou, mas não passa de mais uma brincadeira: nem é tanto uma "loucura" e nem tão "mansa". A experiência desta biblioteca não é propriamente uma insanidade. É um ato consciente, mas não deixa de ter uma pontinha de compulsão. Às vezes, sinto-me bem convivendo com essa "mania", outras vezes me sinto mal, mas ao longo desses oitenta anos aprendi que o livro raro, para mim, é um vírus incurável. No entanto, por mais amor que tenha aos livros, devo dizer que nunca perdi o sono por eles. Esse cuidado eu tinha e tenho: não ser escravo do livro. Sempre tive discernimento. Mesmo que queira muito um livro ou documento, se o livreiro ou vendedor pedir um preço exagerado, eu digo: "Olhe, eu vivi muito bem sem esse livro até hoje, vou continuar vivendo tranquilamente. Obrigado, mas fique com ele". Muitas vezes – nem sei dizer por quantas experiências nesse sentido já passei – o livreiro propunha um desconto absurdo, dizendo: "O senhor não levaria pela metade do preço?", e eu, numa atitude disciplinar, sempre reajo afirmando que "Não, não levaria, não levo, porque se o senhor pode vender pela metade do preço, deveria ter pedido esse preço, e não o outro", e então deixo de comprar. Mas os livros também fazem o próprio caminho, e, curiosamente, alguns livros que eu deixei de comprar vieram parar em minhas mãos anos depois. Há "livros caprichosos"...

JC. Fica claro que o senhor delega uma vida própria aos livros. Ao tratá-los como humanos, fica estabelecido um suposto de atração mútua...

JM. Sim, acho que os livros têm vida. Falando de "livros caprichosos", alguns demorei muito, mas muito mesmo, a conseguir... Um desses, que talvez seja mais especial do que outros e que me marcou muito, foi a primeira edição brasileira da *Marília de Dirceu*, editada pela Imprensa Régia em 1810, com uma tiragem absolutamente espetacular de 2 mil exemplares. Desses, pelo que eu saiba, há uns oito ou dez exemplares conhecidos no máximo. Lembro que, juntamente com o meu grande amigo Rubens Borba de Moraes, procurei esse livro por décadas, mas sem sucesso, e, para ambos, a vontade era tanta de termos esse livro que costumava dizer ao Rubens que, se eu um dia encontrasse, não diria nada a ele, pois tinha medo de que ele tivesse um enfarte... Mas quando finalmente consegui, ele foi um dos primeiros a quem contei, e nós curtimos o livro juntos. E o inusitado é que o livro chegou às minhas mãos por mero acaso, com uma boa dose de sorte...

JC. Por favor, conte como foi...

JM. Obtive o livro da seguinte maneira: aconteceu que um professor de Minas Gerais foi a São Paulo. Ele era amigo de uma moça amiga minha, e ela me telefonou dizendo que estava em São Paulo para o julgamento de um concurso da Nestlé, mas que já estava indo para o Rio. Perguntei a ela espontaneamente por que não me fazia uma visita, ao que respondeu dizendo que não iria porque não estava sozinha, mas acompanhada de um colega, professor de Minas. Dupliquei o convite dizendo para ela vir à biblioteca com esse professor amigo dela, pois não teria problema nenhum. O nome desse professor, que infelizmente já faleceu, era Hílton Cardoso, e ele era especialista em literatura medieval, uma pessoa muito simpática. Aqui, ele começou a olhar os livros e me perguntou se eu tinha na coleção o *Cancioneiro da ajuda*. Respondi que tinha a edição da Carolina Michaëlis de Vasconcellos, a do Varnhagen e também a de Lord Stuart, que fez uma edição em 1823, com uma tiragem de 25 exemplares. Fiquei surpreso quando ele retrucou e disse que também desse livro tinha um exemplar. Realmente fiquei espantado, pelo fato de uma pessoa lá de Minas ter um livro de tiragem pequena; sem querer desmerecer Minas Gerais, é claro, mas fiquei surpreso. E ele me perguntou se eu tinha duas ou três outras obras, e ia sempre dizendo que já tinha, confirmando as perguntas. Isso aconteceu até ele perguntar se havia na biblioteca a edição brasileira da *Marília de Dirceu*. Respondi que não. Expliquei-lhe que esse livro praticamente não existia e que o estava procurando havia décadas sem conseguir, e ele, para surpresa geral, disse que tinha! Fiquei mesmo sem saber o que falar e aí, em tom de brincadeira, perguntei se ele havia vindo à biblioteca só para me esnobar... De toda forma, mostrei para ele uma coisa que era impossível que tivesse, o manuscrito que Lord Stuart tinha feito em 1810, em Portugal, para depois fazer essa edição dos 25 exemplares. Aí, posso dizer, foi minha vez de esnobar um pouquinho... Então, perguntei a ele se não queria trocar o manuscrito do Lord Stuart pela edição da *Marília de Dirceu*, pois tinha o manuscrito na biblioteca havia quarenta anos e até me lembro de que paguei por ele mais do que ganhava no mês, mas comprei... E assim a conversa foi fluindo, tudo muito cordial, mas eu estava inquieto internamente e ia construindo uma conversa que abria caminho para uma possível negociação. Em um dado momento, perguntei o que ele tinha e o que ele não tinha, sempre oferecendo algo em troca pela *Marília*.

JC. Mas como terminou essa história?

JM. Finalmente ele disse que não estava pensando em trocar e me convidou a visitá-lo caso fosse a Minas Gerais, para ver o livro. Isso foi numa quarta-feira. De brincadeira, respondi que no sábado, "por coincidência", estaria em Belo Horizonte... Fui, chegando ao local combinado, onde ele tinha uma biblioteca de estudo, de pesquisa, na qual, contudo, não tinha muitos livros raros. Finalmente, depois de alguns momentos, ele me mostrou o livro da *Marília*, que estava em muito mau estado, como todos os demais exemplares conhecidos. De repente, ele me pergunta se minha mulher era restauradora. Respondi que sim, que a Guita fazia reparos de livros, e ele, surpreendentemente, me disse para levar o livro e mais: se a Guita conseguisse restaurar, o livro era meu. Imagine como me senti!... E também ele fez questão de afirmar que não era uma troca, que ele estava me oferecendo. Fiquei sem jeito e mais surpreso ainda quando ele afirmou que se eu quisesse dar-lhe alguma coisa, ele aceitaria com muito prazer, mas que eu não tinha obrigação nenhuma de propor algo em troca, que só o faria se assim quisesse. Então voltei para São Paulo com o livro e imediatamente lhe mandei o original do *Cancioneiro da ajuda* feito pelo Lord Stuart. Ele ficou muito contente, mais ainda porque o manuscrito chegou no dia em que estavam em sua casa membros da Academia Mineira de Letras comunicando que ele tinha sido eleito. E o livro de Dirceu era meu, finalmente. Por isso é tão especial para mim, depois de tanta procura, ter conseguido incluí-lo na minha biblioteca.

Guita fez depois um belíssimo trabalho de restauro nele, deixando o exemplar perfeito.

Direito bancário, livro-banquinho de apoio para os pés, *design* de José, que o mandou fazer e o ofereceu a Guita, quando cursavam a faculdade de Direito.

A leitura, uma constante: nos anos 1930, na rua, sempre com um livro, e em 1942, com Guita, lendo na sala da casa da Vila Mariana.

Lendo para a família, na sala da rua Princesa Isabel, anos 1950.

O prazer da leitura, sempre! José e seu bom-humor, 2004.

Mindlin gravou dois CDs: o primeiro, *O prazer da poesia*, poemas escolhidos e lidos por ele; e o segundo, junto com Antonio Candido e Davi Arrigucci, leitura de João Guimarães Rosa – *7 Episódios de* Grande sertão: veredas. Abaixo, os três quando se divertiam, combinando a gravação do CD.

A leitura tem várias formas, e a mais usual é a do recolhimento e do contato silencioso entre o leitor e o livro. Uma outra forma, bem diversa, é a da leitura em voz alta, que dá desde logo vida ao texto. No meu caso, gostei sempre das duas, mas, em relação à poesia, a leitura em voz alta foi a que mais me atraiu, embora textos em prosa também possam ser lidos com vantagem. Vejo a poesia como uma verdadeira partitura musical, que deve ser executada, por um instrumento ou pela voz, para adquirir todo o relevo que o autor do texto tinha em mente. Uma outra vantagem é que a poesia falada pode ter vários ouvintes ao mesmo tempo, o que não acontece com o texto apenas lido. Achei por isso muito sedutora a idéia da Rádio Eldorado, de iniciar a produção de CD's falados, e considerei um privilégio ser convidado a inaugurar esta nova série. Boa poesia é o que não falta no Brasil, e a dificuldade de programar um CD reside na escolha. Para este, levando em conta a limitação do tempo, resolvi restringir-me a poetas deste século, e, para evitar reclamações dos autores, a poetas mortos. Espero que os ouvintes não fiquem desapontados.

Esboço de texto para o encarte do CD *O prazer da poesia*

COLLECTION BLEUE

ANATOLE FRANCE

ANATOLE FRANCE

LE JARDIN D'ÉPICURE

PARIS
CALMANN-LÉVY, ÉDITEURS

History of Brazil:
by
Robert Southey.
Part the First.

Second Edition.

LONDON:
Printed for Longman, Hurst, Rees, Orme, and Brown,
Paternoster-Row.
1822.

IL A ÉTÉ TIRÉ DE CET OUVRAGE

EXEMPLAIRE N° CDXXIX

ROMAIN ROLLAND

JEAN-CHRISTOPHE

ILLUSTRÉ DE BOIS DESSINÉS ET GRAVÉS
PAR
FRANS MASEREEL

II

ALBIN MICHEL, ÉDITEUR
PARIS, 22, RUE HUYGHENS, 22, PARIS

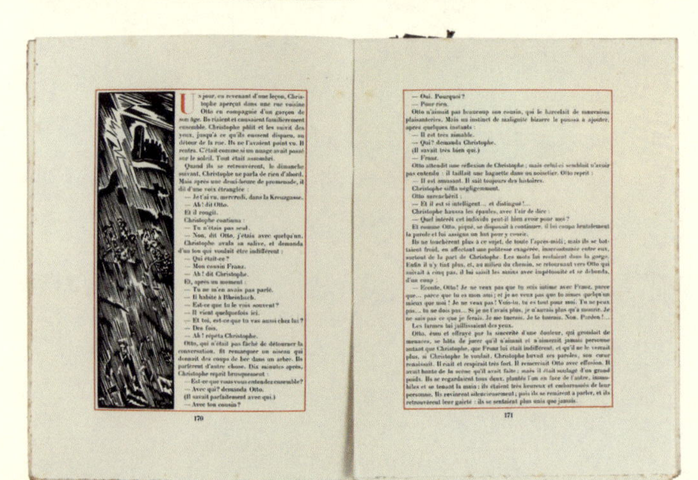

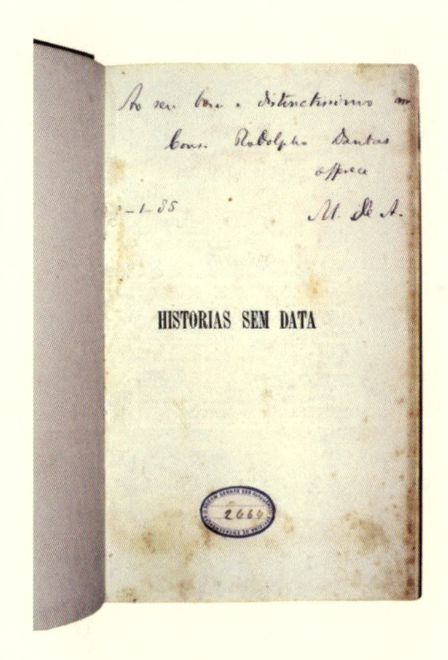

HISTORIAS SEM DATA

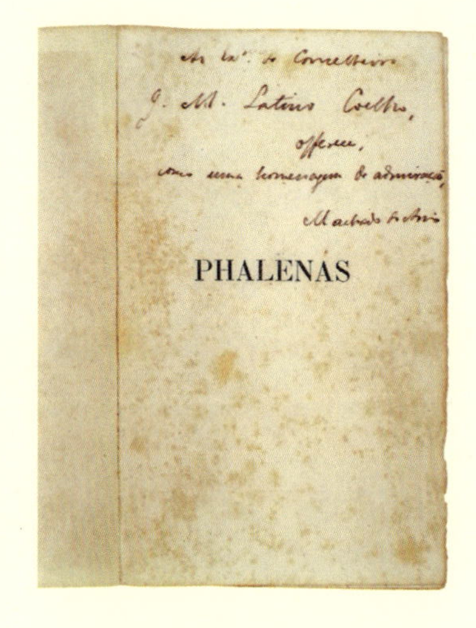

PHALENAS

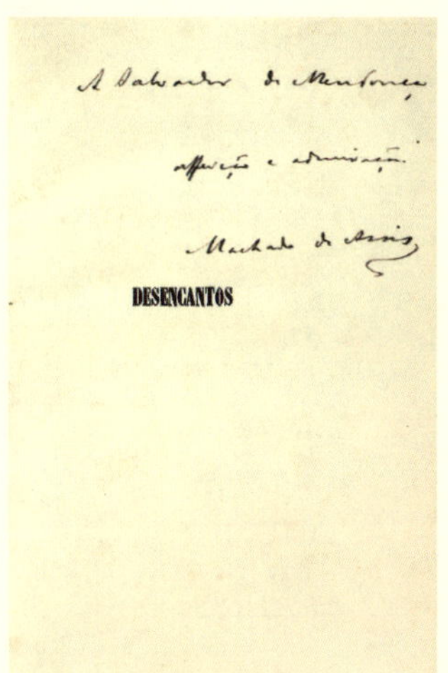

DESENCANTOS

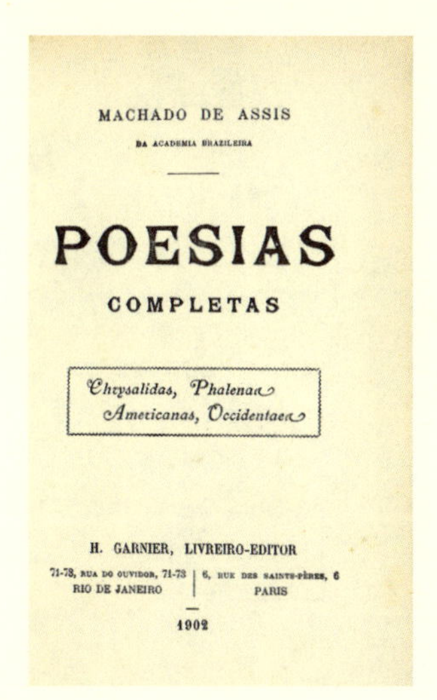

MACHADO DE ASSIS

DA ACADEMIA BRAZILEIRA

POESIAS

COMPLETAS

Chrysalidas, Phalenas

Americanas, Occidentaes

H. GARNIER, LIVREIRO-EDITOR

71-73, RUA DO OUVIDOR, 71-73 | 6, RUE DES SAINTS-PÈRES, 6

RIO DE JANEIRO | PARIS

1902

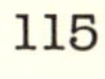

Machado de Assis, um dos autores preferidos: vários exemplares com dedicatórias autógrafas, entre eles *Desencantos*, seu primeiro livro publicado, em 1861, exemplar com dedicatória para Salvador de Mendonça.

Revista Illustrada, dirigida e ilustrada por Angelo Agostini, Rio de Janeiro, 1876-1889.

Revista Illustrada.
Battistini
Scalchi-Lolli.
Contralto absoluto
Marconi
Gargano.
Terzano.

Anno 7
Rio de Janeiro, 1882
Nº 323
REVISTA ILLUSTRADA
CORTE
PUBLICADA POR ANGELO AGOSTINI.
PROVINCIAS
TERRA
Se a Venus passou pelo Sol,

n'um destes cottages com meu filho e o amig[o]
que Deos me deu e cuja incomparavel amiz[ade]
só posso comparar á minha por elle! Quand[o]
chegamos a Lowood o Sol já se tinha posto —
Havia uma pequena neblina atravez d[a]
qual tudo ainda parecia mais brando, m[ais]
melancolico, gostei tanto dessa hora sinão triste
tão saudosa! Com q fervor pedi a Deos dentro d[o]
meu peito de ter dó dos pobres soldados que es[tão]
morrendo por suas patrias! Como pedi que a[ba]
tesse o cruel orgulho do Rei da Prussia! Q[ue]
lembre (e posso eu pensar em nada mais!) [que]
Paris aquella maravilha do mundo pode esta[r]
em chamas! que seus admiraveis edificios p[odem]
cahir ao chão, que seu Bois de Boulogne p[ode]
estar incendiado nao posso deixar de chorar
amargamte. V. cuidou q havia de ser com
um Sadova! Veja como tem durado! Ve[ja]
q desgraça — [illegible]
6 J. 16. Partimos de Lowood ás 9 h. n'um
omnibus que nos trouxe á Windermere —

Páginas dos *Diários da condessa de Barral*, preceptora das filhas de d. Pedro II e sua amante, com anotações a lápis feitas por ele.

que tomamos o caminho de ferro que nos trouxe
Londres em 9 horas passando Kendal, Lancaster
Preston (lembra-te do Brasseur?) Warrington
Crewe, Stafford, Tamsworth, Rugby (o gde
collegio Inglez) Wolverton, Leighton Buzzard -
Watford, Harrow (outro gde collegio) e Londres.
Tivemos por companheiros parte do caminho
um homem de Lancaster mto interessante q
exprimia ideias q mto me quadrarão á respeito
da educação dos rapazes ricos; e uma Mrs Smith
mulher de um membro do Parlamento pessoa
tambem mto agradavel. Ella nos ensinou
muitos trocadilhos engraçados e nos deu a
adivinhar esta carta amorosa em Inglez:
U 2 ++ U be indeed U 2
+ for me. Sá Leiã lê. O caminho
nada tem de interessante a não ser o velho
castello de Lancaster onde nasceu João de Gaunt
e as fabricas de Stafford. Dissemos adeus ás
altas montanhas e eis nos nos Lowlands
Lembrei-me de Julia, D. e Angelica

Rubens Borba de Moraes, companheiro de garimpagens e ótimas prosas, grande leitor, bibliófilo e amante dos livros. Ao morrer, deixou para Mindlin a parte de sua biblioteca que havia conservado em sua casa. Abaixo, estante com os livros de Rubens, dispostos em casa de José e Guita do mesmo jeito que estavam em casa do amigo.

RUBENS BORBA DE MORAES

Brasília 8/3/72
Caixa Postal 15-2839

Meu caro José

Aí vão o meu artigo do Correio Brasiliense e o famoso relatório reservado.
O artigo é um capítulo de minhas Memórias. Estou escrevendo essas recordações há anos. Às vezes é divertido, mas falar de si o tempo todo é falta de educação.
Lembranças a Guita
Um abraço do

Rubens

Seria favor devolver o relatório. É raríssimo, único exemplar conhecido.

Carta de Rubens Borba de Moraes a José em 8.3.1972, e esboço de José para conferência sobre Rubens, em março de 1999.

Rubens e Gonçalves Dias

Escola de Biblioteconomia que Rubens criara na Municipal, foi fechada por Prestes Maia
Rubens procurou Cyro Berlinck e ela passa para a Escola de Sociologia e Política
Rockefeller deu uma verba para sustentar a Escola durante 5 anos, e dar bolsas aos melhores alunos

—

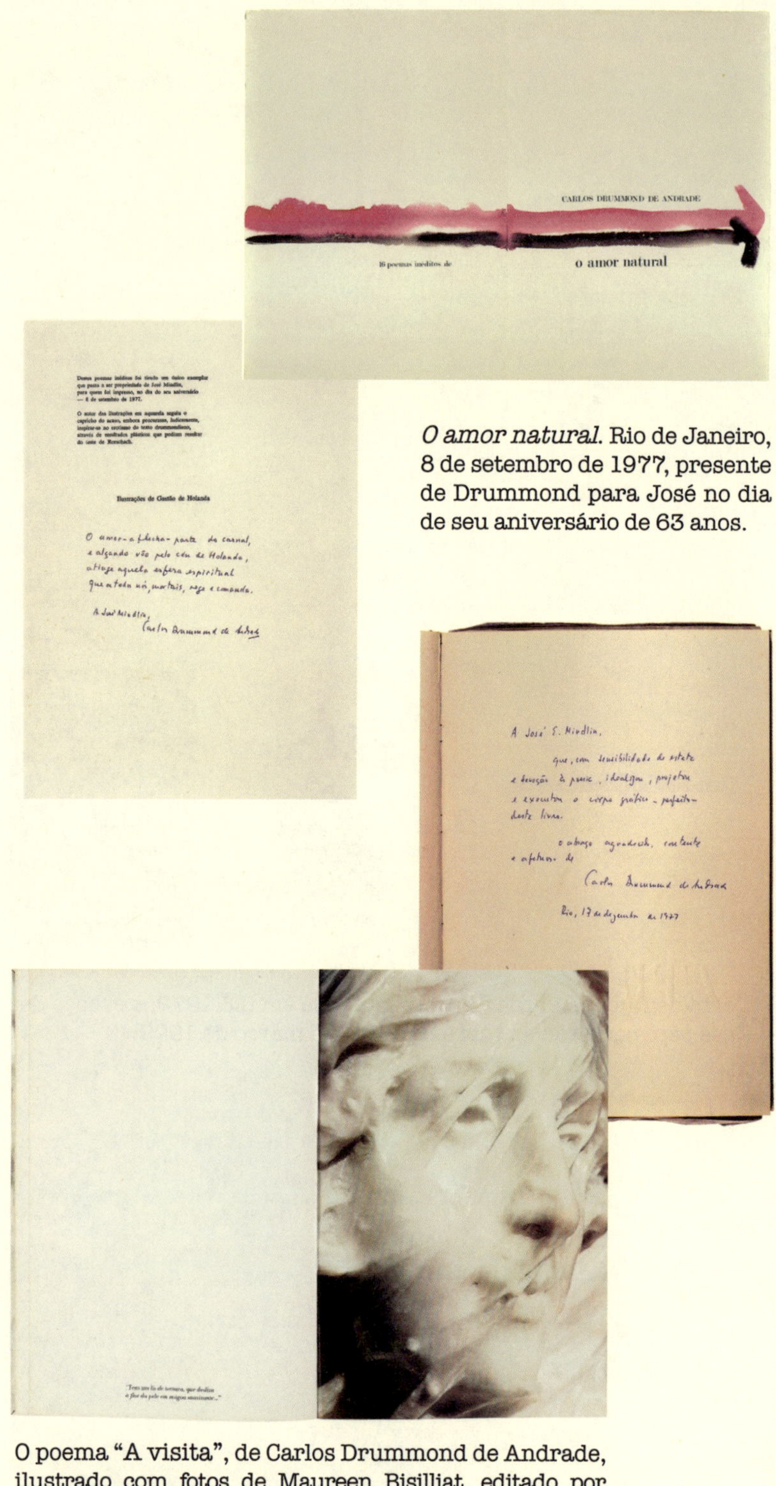

O amor natural. Rio de Janeiro, 8 de setembro de 1977, presente de Drummond para José no dia de seu aniversário de 63 anos.

O poema “A visita”, de Carlos Drummond de Andrade, ilustrado com fotos de Maureen Bisilliat, editado por Mindlin. São Paulo, 1977.

Mindlin com Drummond (*c.* 1980); ao lado, com Plínio Doyle, em uma das reuniões do Sabadoyle (*c.* 1990); ante-rosto de *Alguma poesia* com dedicatória do poeta.

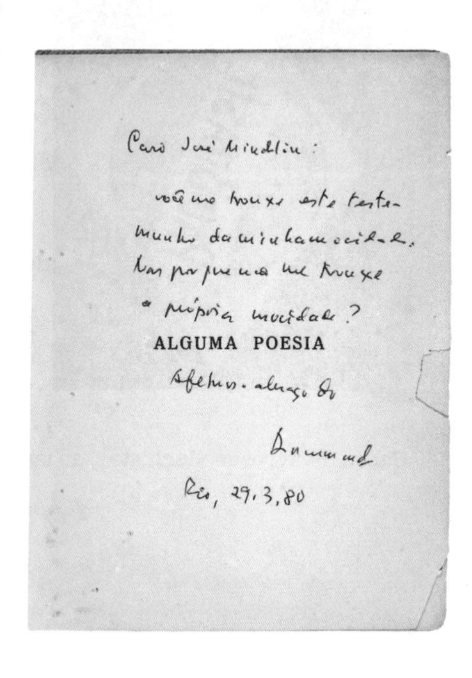

Caro José Mindlin:

você me trouxe este testemunho da minha mocidade. Mas porque não me trouxe a própria mocidade?

ALGUMA POESIA

Afetuoso abraço do

Drummond

Rio, 29.3.80

Capas de livros modernistas; ao lado, carta de Saramago a Mindlin.

Lisboa, 19 de Junho de 1991.

Caríssimo José Mindlin,

Desta vez comporto-me como um senhor. Veio aí Suzana com a sua carta e o livro do visconde de Beaurepaire-Rohan (que inveja tenho destes apelidos sonorosos, eu que levo nome de erva que, segundo formais dicionaristas, nasce nos entulhos) e já respondo, para agradecer e dar notícias. Agradecer muito o livro, que não me limitei a folhear, pois dei-me ao prazer de o consultar com a maior seriedade deste mundo. Contudo, o que mais me comoveu foi a declaração prefacial do nosso visconde, quando fala do "receio de perder o meu trabalho, se não me apressasse em publicaI-o, no pé em que se achava". E acrescenta, melancólico e sábio: "Na minha avançada idade, não é lícito confiar muito na vida". Tem razão Beaurepaire, tem razão Rohan, e por isso fez o que todos fazemos: publicar antes que se faça tarde. Se não fosse esta urgência, quantos livros teriam ficado por escrever, quantas insignificâncias teriam ficado no cérebro dos seus autores, quantas obras-primas teríamos perdido. Escrever é isso mesmo, uma corrida contra o tempo e a morte, a ver quem primeiro chega.

Provavelmente, vêm-me estas filosofias do Evangelho que estou a escrever. Aqui para nós (digo-o pela primeira vez para fora da minha casa) é um livro que me mete medo. Estou remexendo coisas muito fundas nisto de ser, como somos todos, fruto duma civilização que é o que o cristianismo quis que fosse. Não seríamos muito diferentes se tivéssemos continuado a acreditar em Júpiter, mas estou convencido de que teríamos sofrido menos. Em Novembro, se terminar o livro a tempo, se verá melhor o que aqui apenas lhe insinuo.

Da conselheira cultural não tive mais manifestações. Devo conhecê-la na próxima semana, pois estou convidado para um "encontro de amigos" com o embaixador, no Solar do Vinho do Porto, e é natural que ela esteja lá. Verei, com estes olhos vista, a autora de uma das delirantes cartas que recebi em toda a aminha vida.

Iremos ao Brasil na primeira boa oportunidade que surja, mas vocês, está fora das vossas previsões próximas virem a Portugal?

Um abraço afectuoso do

José Saramago

Na oficina de encadernação e restauro de Guita, em 2003; página de rosto da edição de *Marilia de Dirceu* de 1810, restaurada por Guita.

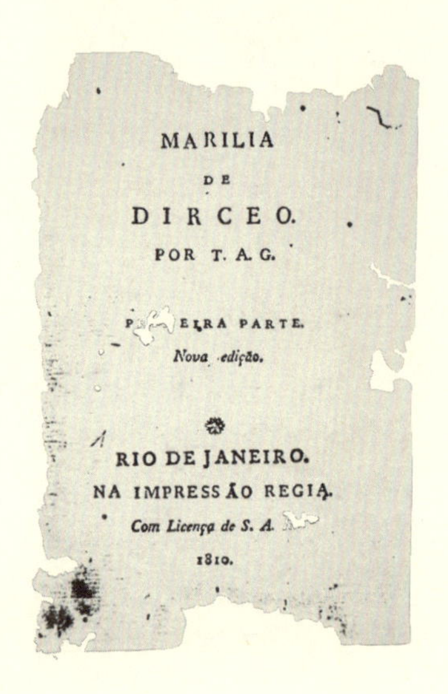

MARILIA

DE

DIRCEO.

POR T. A. G.

P[illegible]EIRA PARTE.

Nova edição.

RIO DE JANEIRO.

NA IMPRESSÃO REGIA.

Com Licença de S. A. [illegible]

1810.

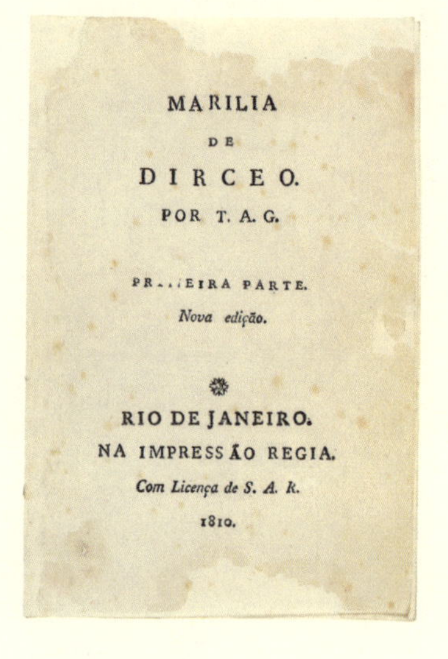

MARILIA

DE

DIRCEO.

POR T. A. G.

PR[illegible]EIRA PARTE.

Nova edição.

RIO DE JANEIRO.

NA IMPRESSÃO REGIA.

Com Licença de S. A. R.

1810.

José com quatro malas pesando mais de noventa quilos, nas quais trouxe de Montevidéu mais de trezentos documentos originais sobre a Guerra Cisplatina; com Manoel de Barros e Betty Mindlin.

Nove canções católicas, por Pedro Homem de Mello, 1950, nº 1 da revista *O cavalo de todas as cores*, publicada por João Cabral de Melo Neto em Barcelona.

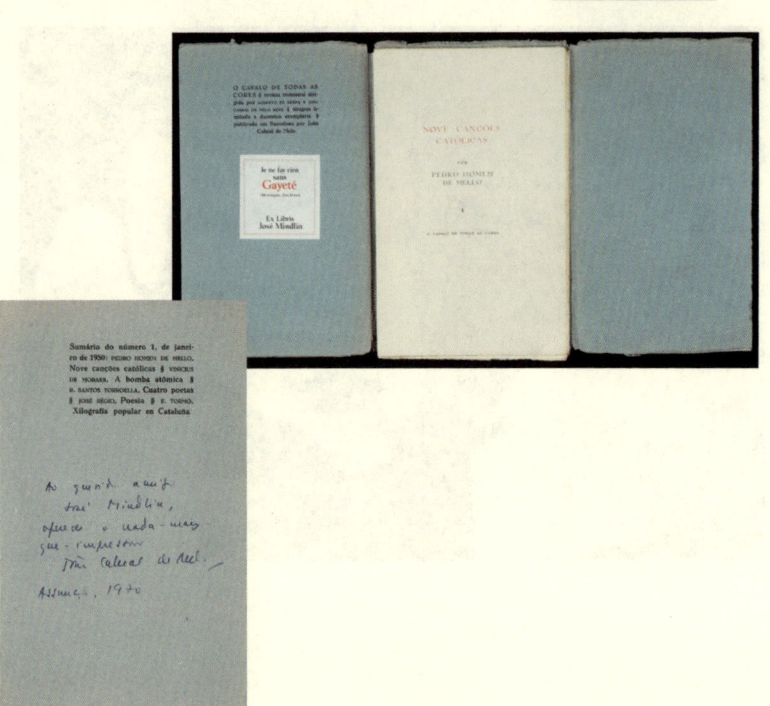

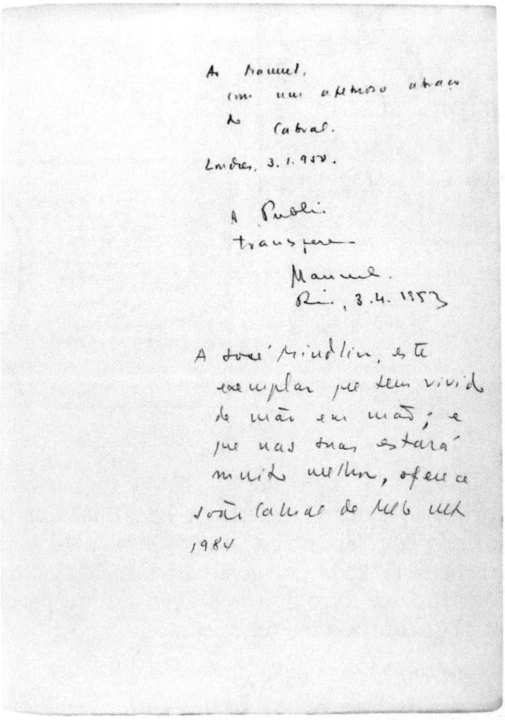
A Manuel,
com um afetuoso abraço
do
Cabral.
Londres, 3.1.950.

A Publio
transfere
Manuel.
Rio, 3.4.1953

A José Mindlin, este
exemplar que tem vivido
de mão em mão; e
que nas suas estará
muito melhor, oferece
João Cabral de Melo Neto
1984

Joan Miró, por João Cabral de Melo Neto, Barcelona, Edicions de l'Oc, 1950.

Segundo José Mindlin, no catálogo da exposição "Não faço nada sem ALEGRIA", Museu Lasar Segall, 1999:

Este exemplar tem uma história curiosa. João Cabral dedicou--o a Manuel Bandeira, que por sua vez o presenteou a Publio Dias. Eu o comprei anos depois num antiquário, mas sem saber quem era essa pessoa. Acontece que um dia encontro na rua uma caneta tinteiro de ouro, com o nome de Publio Dias gravado. Eu ainda não sabia quem era ele, mas dois dias depois, por uma incrível coincidência, passando pelo Parque Ibirapuera, um homem me fez sinal, pedindo carona. Parei o carro (naquele tempo ainda se podia dar carona...), ele entrou e se apresentou, dando seu nome: Publio Dias! Eu então tirei a caneta do bolso, dizendo: "Ah é? então isto deve ser seu...". – Nunca vi pessoa mais espantada!
Tempos mais tarde (em 1984), João Cabral esteve em nossa casa, e fez a terceira dedicatória.

Ovídio Elegia, de Gastão de Holanda, 1961, *design* e ilustrações de Gastão de Holanda. Recife, O Gráfico Amador.

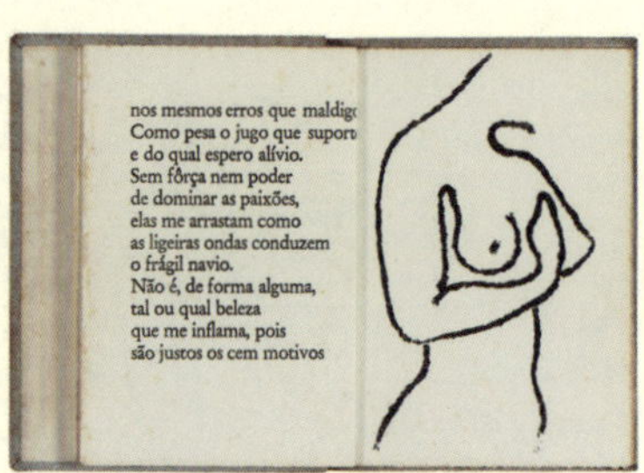

Constelação, edição bilíngue de Octavio Paz, ilustrada por Adão Pinheiro, traduzida por Haroldo de Campos, Rio de Janeiro, 1972. Faz parte de uma série dirigida por José Mindlin, Gastão de Holanda e Cecilia Jucá. Com este livro deu-se a aventura da perda de alguns cadernos, que tiveram que ser reimpressos.

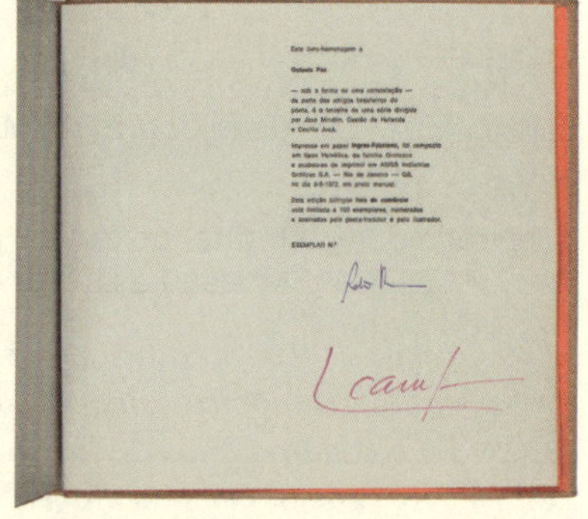

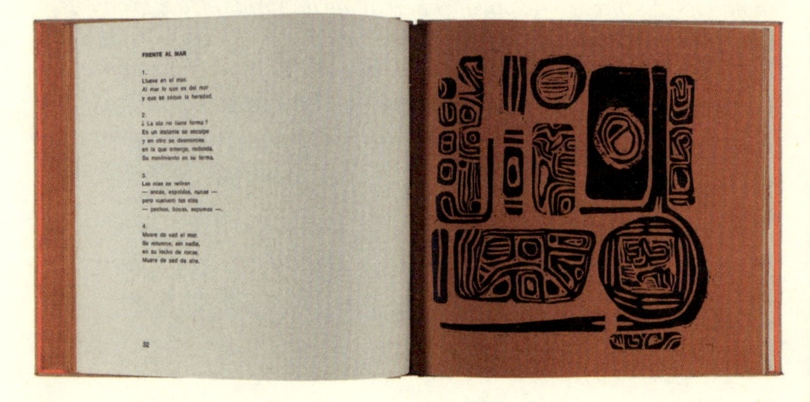

Edições dos Cem Bibliófilos do Brasil.

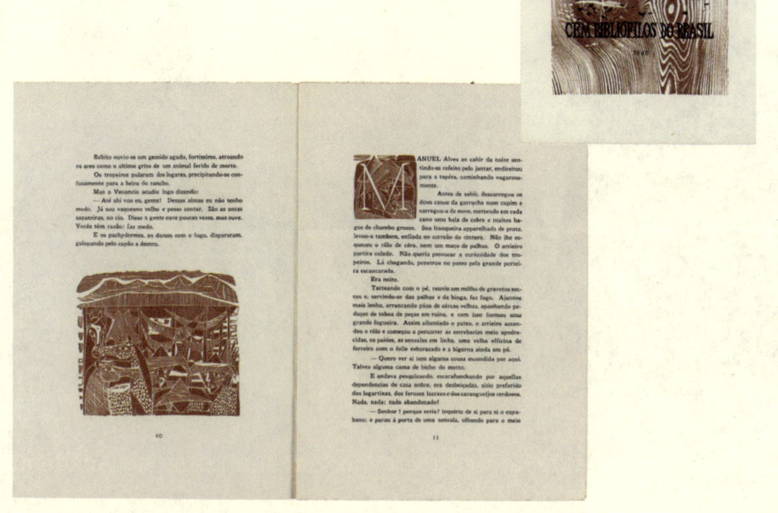

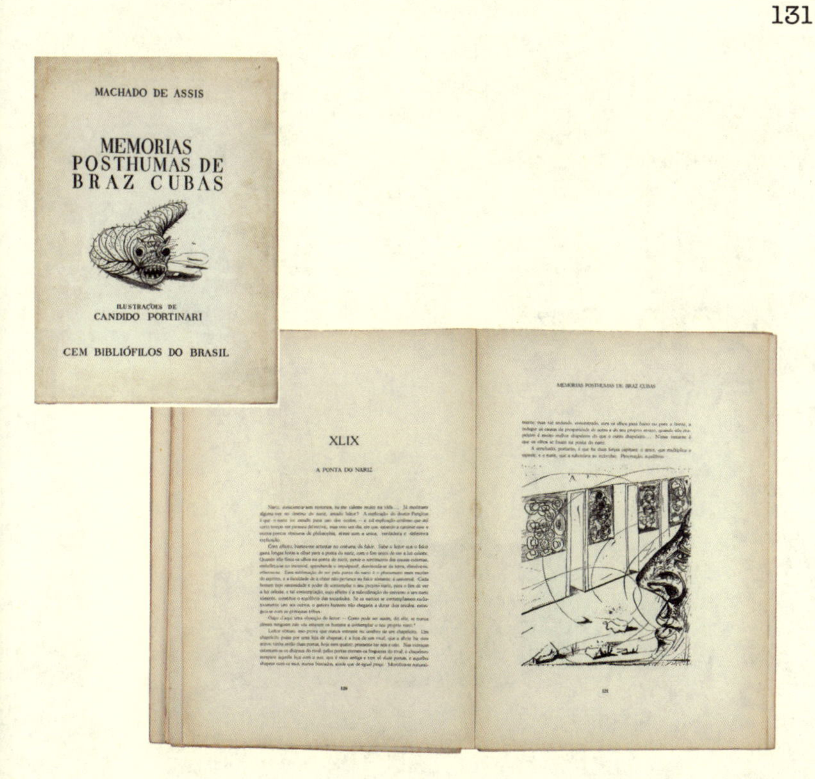

Com Antonio Candido, amigo fraterno, em sua posse na Academia Brasileira de Letras, 10.10.2006.

Da esquerda para a direita: Betty Mindlin, Antonio Candido, Gilda de Mello e Souza, José Mindlin, Luciana Stegagno Picchio e Manu Mindlin Lafer.

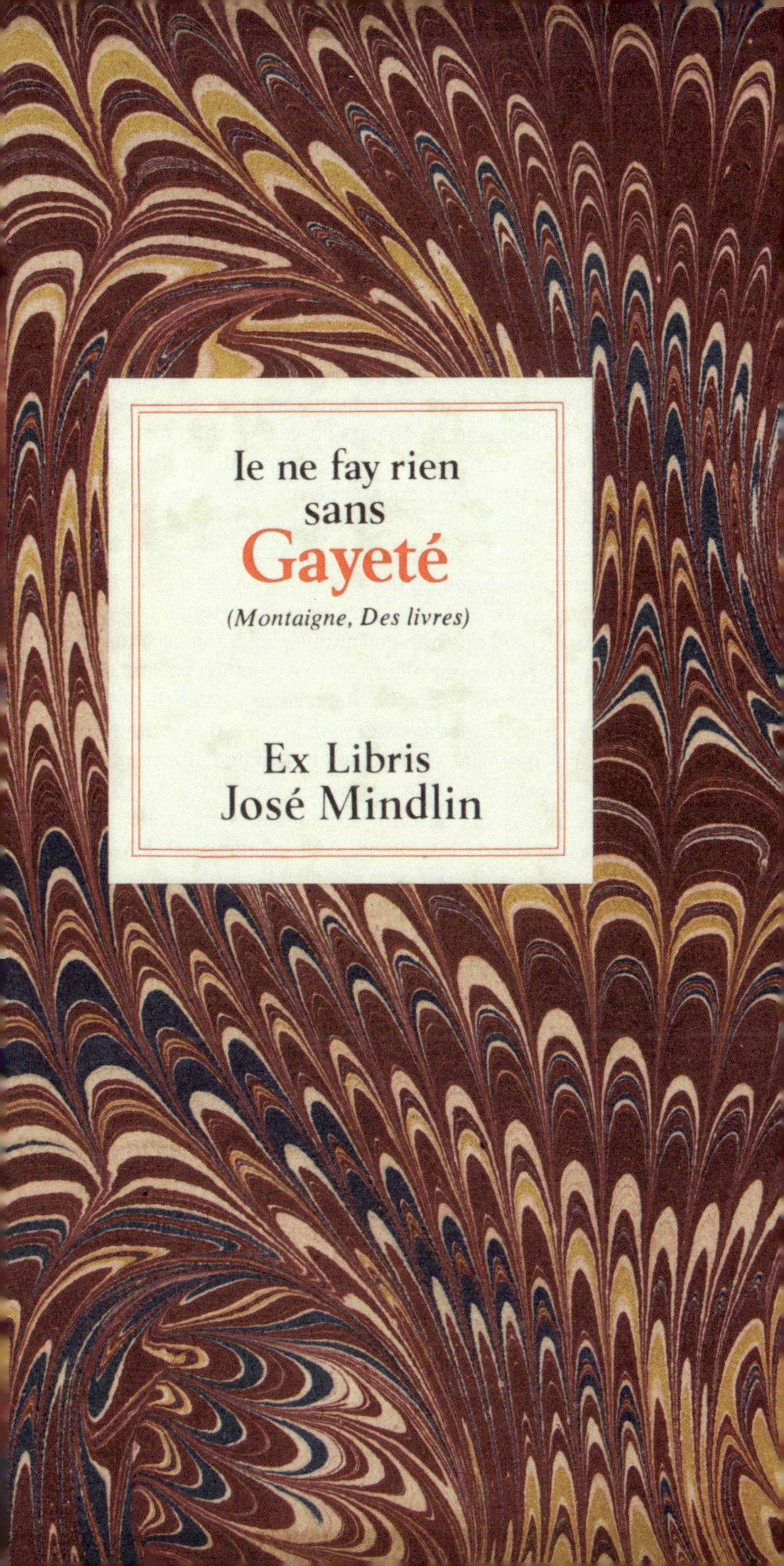
Ie ne fay rien
sans
Gayeté
(Montaigne, Des livres)
Ex Libris
José Mindlin

Os meus livros dos outros

JC. Retomemos o caso da "humanização dos livros"...

JM. Posso dizer que tenho uma relação dúbia com os livros: sou consciente do papel deles em minha vida, mas, ao mesmo tempo, por gostar tanto deles, lhes delego certa humanidade... Assim, da maneira que procuro ser lógico com o projeto da biblioteca, afirmo que os livros também nos procuram. Falo também que os livros são "ciumentos" e que há horas em que não tenho certeza se os livros nos pertencem ou se nós pertencemos a eles. Vejamos a tal questão dos ciúmes: eu não posso manifestar preferência por algum livro específico porque criaria problemas com os outros. Acho essa questão de preferência muito incômoda e não menos o é a que indaga sobre o valor material da biblioteca. Quando me perguntam quanto vale, digo: "Não, isso nunca entrou em cogitação" e desconverso. Contudo, já que estamos falando do lado humanizado da biblioteca, devo afirmar que ela me fez bibliograficamente polígamo. Também não seria errado, nesse sentido, dizer que sou volúvel, que posso ter muitas preferências. É claro que como polígamo tenho minhas "esposas" preferidas. Há livros que levei muito tempo para conquistar, como a primeira edição de *O Guarani*. De outros eu gosto pelo valor intrínseco, como *Sonho de Poliphilo* [*A batalha de amor em sonho de Poliphilo*], de Francesco Colonna, publicado em 1499. Esse livro é uma revolução na arte gráfica, mudou a tipografia. O mesmo se passa com a primeira edição ilustrada de Petrarca [*Triunfos*], de 1488. Juntos esses livros representam uma revolução. A inovação que representou o *Poliphilo* é inquestionável, a ponto de ser um livro que, se fosse publicado hoje, seria admirado. Essa é uma das joias da biblioteca. Também tenho algo valiosíssimo, que não tem preço, um texto do Graciliano Ramos, *O mundo coberto de pennas*. É importantíssimo porque na primeira prova ele risca

O mundo coberto de pennas e escreve *Vidas secas*. Maravilhoso... Um valor histórico enorme, do qual só temos conhecimento porque isso felizmente foi feito na era pré-computador. Mas, com todo esse ardor, eu não sou do tipo que conversa com os livros. Aí surge o meu lado consciente, realista; eu brinco, digo muito que os livros são os melhores amigos que podemos ter, porque nunca brigam, não criam caso em momento algum, eles ficam dez, vinte anos esquecidos nas estantes e, quando os pegamos, estão à disposição, abertos a nos dar prazer. E veja que isso com amigos de carne e osso nem sempre acontece.

JC. Sinceramente, o senhor tem ciúmes de seus livros. Empresta-os?

JM. Olhe, gosto muito dos meus livros, tenho um profundo amor e apreço por todos, sou realmente muito ciumento deles e, até por isso mesmo, não tenho o hábito de empresta-los, empresto poucos, e livros raros não adianta pedir que eu não empresto de modo algum. O livro comum, quando gosto de um, compro vários exemplares, para dar a meus amigos, porque aí não tenho a ilusão de que ele será devolvido. Dou logo de presente e pronto! E em relação às duplicata de livros raros, tenho o interesse também de troca por outros livros, ou então de presentear os amigos bibliófilos. Dou essas duplicatas a eles com todo o prazer... Se um amigo bibliófilo vai à biblioteca, fala de uma obra que não consegue encontrar de jeito nenhum, acabo com o problema rapidamente, dando o livro para ele. Essa é uma coisa muito gostosa de fazer, me agrada muito, tanto no ato de ajudar um amigo quanto no ato de dar um livro de presente. Os meus presentes favoritos, tanto para dar quanto para receber, sempre foram livros...

JC. Houve exceções?

JM. Poucas, mas aconteceram. Um livro que lembro ter tido um enorme prazer em dar foi a primeira edição de *Iracema*, do José de Alencar, porque é um livro bastante raro... Sempre quando estava no Rio de Janeiro costumava ir ao Sabadoyle, que eram as reuniões do Plínio Doyle, as quais, afinal, ficaram muito famosas e concorridas. O Plínio contou numa dessas reuniões que tinha aparecido um exemplar da primeira edição de *Iracema* num leilão, e ele tinha mandado alguém comprar, mas não tinha efetuado a compra porque tinha limitado o gasto a duzentos cruzeiros ou mil contos de réis, o que era um valor absurdamente irrisório, pois o livro, raríssimo que era, valia muito mais. Acontece que em cada reunião um dos presentes fazia a ata, e calhou que, nesse dia, fui chamado para redigi-la e resolvi brincar com o Plínio. Na ata eu disse que o anfitrião havia relatado a existência de um exemplar de *Iracema* num leilão e explicado por que não o tinha comprado, e que, com isso, ficava evidenciado que tinha mais amor ao vil metal do que a um livro raro e importantíssimo para a literatura brasileira e mundial. Ao ler a ata, ele ficou meio confuso, não sabia se ficava zangado ou não, mas fiz aquilo de propósito, porque tinha uma duplicata da primeira edição de *Iracema*. Pois bem, quando cheguei a São Paulo, imediatamente mandei o exemplar para ele, que ficou realmente eufórico, fato que seria plenamente justificável e compreensível porque, exceto pela primeira edição de *O Guarani*, a primeira edição de *Iracema* era a mais rara do José de Alencar, e a duplicata que lhe dei de presente era, assim, raríssima.

JC. Sua vida pública teve algo a ver com a biblioteca?

JM. Ao se pensar a constituição da biblioteca, deve-se ter em conta que não foram apenas os espaços físicos, as casas, os fatores determinantes do crescimento. Seria prudente, também, fazermos um passeio pela minha trajetória profissional e por minha vida pública. Comecei no *Estadão*, no jornalismo, depois virei advogado. Até aí, a relação profissional entre o que eu fazia para me sustentar e os livros pouco tinha a ver. Afora a questão econômica, quase nada havia de influência entre o que fazia para o meu sustento e como isso se revertia na compra de livros. Meus livros de Direito, por exemplo, eu os tinha no escritório, não em casa. Simplesmente não misturava os livros de trabalho com os demais. E os aproximava, com cerimônia, se tivesse alguma missão urgente, algo que eu precisasse fazer à noite, que tivesse que estudar para solução imediata. Só levava para casa coisas de Direito um dia para devolver no outro. Mesmo assim, grande parte do que eu tinha no campo jurídico dei de presente à Eunice Paiva, viúva do Rubens Paiva, que é muito amiga nossa.

JC. Como se deu sua relação com o mundo cultural paulistano? Tendo vivido tão intensamente a vida do *Estadão*, imagina-se que isso o tenha levado a outras atividades. E, além do jornal, houve também sua atividade como advogado...

JM. Não me acanho em dizer que fui um bom advogado, mas eu não tinha paixão pela profissão. Advoguei por cerca de quinze anos. Comecei logo depois de me formar, em 1936. Formado, fui trabalhar com o doutor Antônio Augusto Covello, que era um grande criminalista e, diga-se, me considerava como o filho que ele não teve. Ele, quando eu escrevia algumas "razões", me levava junto ao Fórum e orgulhosamente dizia ao juiz: "Esse trabalho quem fez foi o doutor Mindlin, e eu não o teria feito melhor". Isso era um estímulo, e me obrigava a dar tudo que podia, a apresentar meu melhor esforço. Com isso aprendi muita coisa. Tenho um caso interessante com ele: uma vez, quando ele estava na fazenda que possuía em Ribeirão Preto e era preciso fazer um bom arrazoado, ele o confiou a mim. Fiz, trabalhei muito, mas faltava a assinatura dele. Sabe o que ele fez? Escreveu uma cartinha – que eu, com carinho, guardo até hoje – em que me pedia para que eu mandasse apenas a última página para ele assinar; e mais, escreveu assim: "Depois me mande uma cópia do processo todo". Algumas dessas "razões" foram impressas e eu as tenho guardadas. Eu trabalhava com afinco mesmo, mas mesmo assim a então modesta vida de bibliófilo corria em paralelo a isso, até porque ia diariamente ao Fórum, mas no caminho, na ida ou na volta, passava pelos sebos que eram no centro da cidade. Foi assim, nas andanças para o Fórum, que adquiri o saudável hábito de "bater ponto" nas livrarias e sebos, porque senão a gente não encontra as coisas. Em termos de vida social devo dizer que minhas atividades de início foram modestas até porque sempre preferimos manter uma saudável reclusão. Mesmo antes de eu nascer, já nos idos de 1912, meu pai era um entusiasta da [Sociedade de] Cultura Artística, e isso ficou como herança familiar - eu sou há anos presidente da entidade. A Cultura Artística foi fundada, em 1912, no estado de São Paulo, pela irmã de Nestor Rangel Pestana e por tradição mantenho vínculos sentimentais com esse projeto. Mas, de modo geral, minhas atividades sociais sempre dependeram muito dos contatos em favor de atividades culturais ou de situações profissionais.

Estava mesmo escrito

JC. Esses contatos foram importantes, por certo, mas houve algo mais que tivesse relevo? O senhor provocava a sequência dos acontecimentos ou eles ocorriam de maneira natural?

JM. As transformações de minha vida ocorreram sempre de maneira natural. Isso acontecia porque eu nunca procurava essas alterações. Em tantos casos elas caíram no meu colo gratuitamente! O grande salto, porém, se deu com a minha saída da advocacia e a entrada no grupo Metal Leve.

JC. A Metal Leve quase sempre fica ausente de sua relação com a biblioteca. Poderia falar um pouco mais sobre isso?

JM. O motivo central dessa mudança, como sempre me acontece, deveu-se a um acaso. A história foi mais ou menos assim: eu tinha um grupo de clientes, muitos deles judeus refugiados, e entre eles havia um que possuía uma oficina de recondicionamento de motores, a Retífica de Motores Motorit, que importava pistões, peça fundamental para o funcionamento de máquinas. Durante a guerra, houve escassez desses pistões e de outras peças que, em geral, dependiam de importação. Isso se agravou depois do fim do conflito, e esses amigos, devido à crise cambial de então, resolveram abrir uma fábrica de pistões aqui no Brasil. Samuel Klabin juntou-se a outros dois e um desses era técnico de mecânica e bom conhecedor dessa parte. O Klabin convidou, além desse técnico, outro fabricante alemão que era a maior autoridade em produção de pistões de alumínio. Pistão de alumínio era uma grande inovação que vinha substituir os antigos, de metal, que eram pesados e lentos. Os pistões antes eram, em geral, de ferro fundido. Como se tratava de um contrato internacional, eu fui procurado para preparar a papelada. Fiz o documento que previa um ano para serem acertados os detalhes necessários para a abertura da empresa. Foi aí que esbarramos no problema crucial para um investimento que era razoavelmente alto. Para viabilizar a fábrica, preparei a opção que o Mahle, o engenheiro alemão, deu ao grupo. Tratava-se de uma alternativa com o prazo de validade de um ano a fim de resolver tudo.

JC. Quando se deu isso?

JM. Corria o ano de 1949... E desde o começo estava estabelecido que a firma Klabin Irmãos & Cia. comandaria os negócios, mas, por algum motivo, Wolf Klabin entendeu que aquele empreendimento seria um corpo estranho ao seu grupo e desistiu de entrar no consórcio. Soube que o Samuel inclusive tinha ido à Europa e que iria procurar o Mahle para desistir da parceria. Por essa altura eu tinha um grande amigo, Luiz Camillo de Oliveira Netto, bibliófilo dos bons, sujeito simpático, que fora diretor da Biblioteca do Itamaraty. Travei amizade com o Luiz Camillo por intermédio do Henrique, meu irmão, que tinha vencido um concurso, no Rio, para a construção do novo prédio do Itamaraty – ainda que tivesse ganhado o primeiro prêmio, com um projeto muito bonito, o prédio acabou não sendo levantado devido aos alvoroços da construção de Brasília. Minha amizade com o Luiz Camillo se aprofundou e na mesma medida a admiração por ele, que, afinal, tinha sido o mentor do "Manifesto dos Mineiros" contra o Estado Novo. Devo registrar que por isso ele foi demitido, como de resto todos os signatários. Em consequência desse ato autoritário, ele entrou na rua da amargura, pois não tinha grandes recursos. Durante esse período nós nos falávamos muito. E reclamávamos do tipo de vida que levávamos: eu, como advogado, não podia tirar férias, estava sempre preso ao escritório; ele, como alguém que dependia de algo público. Juntos, sonhávamos com alguma alternativa em que tomássemos parte, mas que não nos absorvesse inteiramente. Pensávamos em uma empresa que nos garantisse um rendimento independentemente do trabalho diário.

JC. Poderia explicar melhor essa busca de alternativa para a mudança de estilo de vida? A atividade empresarial era a melhor saída?

JM. Não é que nós tivéssemos vocação empresarial. Mas sonhávamos com alguma coisa que pudesse atenuar o problema financeiro, para ele, especialmente. Aconteceu que em 1950, Milton Campos sendo governador de Minas, convidou o Luiz Camillo para diretor do Banco de Crédito Real de Minas Gerais. Então, reanimado, ele voltou à tona com a proposta do negócio. Retomei assim a conversa com o grupo, perguntando: "Mas vocês estão desistindo só porque não têm o capital ou porque o negócio não é tão bom como vocês pensavam?". A resposta foi: "Não, o negócio é interessante, mas nós não temos o capital". Aí, eu disse: "Olhe, talvez eu arranje o dinheiro". Liguei para o Luiz Camillo e disse: "Parece que aquele nosso sonho vai ser concretizado; eu queria que recebesse um cliente amigo meu, que vai explicar a você do que se trata. Como você está num ambiente bancário, então é possível que consiga esse financiamento". O Buck, que representava o grupo, foi a Minas procurá-lo e, no dia 25 de janeiro, à noite, ele voltava com a resposta positiva. Conseguido o capital, eu fiquei na posição de fiador do Luiz Camillo perante os meus clientes e dos meus clientes perante o Luiz Camillo. E a fábrica foi feita num ambiente de total confiança, em que eu era o ponto de convergência. No dia 13 de março, foi assinada a escritura de constituição da Metal Leve S/A - Indústria e Comércio. Tudo era muito novo e nós, bastante inocentes. A propósito, até tenho uma história curiosa: depois de tudo assinado, o Luiz Camillo vira-se para os meus clientes e sai-se com esta: "Posso fazer uma pergunta?". "Claro", disseram. E ele, inocentemente: "Mas o que é mesmo um pistão?". Então veja que não poderia haver maior prova de confiança. Foi assim que eu virei empresário.

JC. E tudo foi assim espontâneo e dependente de situações fortuitas?

JM. Não tenho como deixar de falar do peso do acaso em minha vida. Toda a minha existência foi muito marcada pela presença do acaso. É verdade que sempre estive aberto para a vida, e dei sorte de estar nos lugares certos nas horas adequadas. Foi assim com a viagem à Europa quando por acaso encontrei o professor que fez a oferta. Foi do mesmo jeito com a passagem da advocacia para o empresariado: eu nem saí do escritório. Lembra aquela historinha do cavalo que passa arreado e o cavaleiro está pronto para montar?... Pois é a minha sina.

JC. Mas seria pouco atribuir tudo ao acaso, não?

JM. É verdade que não há acaso absoluto e nem o acaso veio me encontrar e oferecer tudo de mão beijada.

As coisas não caíram do céu de graça, mas poderiam simplesmente não ter acontecido. Se eu não estivesse na faculdade exatamente naquele momento, talvez eu tivesse me formado sem aproveitar aoportunidade daquela viagem. Eu trabalhei muito até surgir a possibilidade de sair da advocacia, quanto a isso não há dúvida, mas para ter a oportunidade de atuar como empresário eu não imaginava, por exemplo, que a oferta do Luiz Camillo pudesse ocorrer. É assim: a oportunidade aparece e eu pego, não deixo passar. E veja que, além do acaso de nascer em uma família como a que tive, com pais e irmãos tão afinados, além dos amigos que sempre me cercaram, foi por acaso que fui trabalhar no *Estadão* – mas eu topei, sem discutir, a proposta do meu pai e fui, iniciando lá minha vida profissional. Foi por acaso também que me encontrei, no Municipal, com o Otto Niemeyer. E não foi por acaso que se deu aquela lei permitindo os exames parcelados? Caso contrário eu não teria alternativa. Continuando no Mackenzie, eu seria engenheiro, e não tinha nenhuma vocação para isso. O acaso se repetiu na oportunidade do escritório do dr. Covello, que foi cliente de papai, aliás de uma forma curiosa: ele chegou, sentou-se na cadeira e foi dizendo para papai: "Olhe, eu tenho problema aqui, nesse dente eu tenho esse problema, nesse outro eu tenho...". Depois de ouvir, papai pacientemente questionou: "Qual é sua profissão?". Era, logicamente, uma pergunta estranha para um advogado muito conhecido, mas este respondeu: "Eu sou advogado, por quê?". E papai: "O senhor não acha que seria melhor o senhor cuidar da sua profissão e me deixar cuidar da minha?". O dr. Covello parou um instante e disse: "O senhor tem razão, desculpe-me". Ficaram amigos e tanto que em poucos dias o dr. Covello foi jantar em casa, conhecendo o resto da família. Pois bem, o dr. Covello se afeiçoou a mim e logo me disse: "Quando você se formar, vem trabalhar comigo". Acaso ou não?

JC. O acaso também atuou na vida pessoal?

JM. O encontro com a Guita também foi por acaso. Aliás, aí há uma história não esclarecida porque eu acho que me encontrei com ela na faculdade, mas ela contava outra versão: dizia que tinha me visto na véspera ou poucos dias antes. Segundo ela, estava no Municipal, nos camarotes, porque a irmã dela gostava de ficar no alto para ver tudo de cima, a orquestra e o público. Olhando para baixo, me viu com outros rapazes e, porque me achou muito elegante, pensou com seus botões: "Esse eu nunca vou encontrar". Segundo ela, um, dois ou três dias depois, deu-se o encontro na faculdade... Eu não a conhecia, mas quando ela me viu, me reconheceu. Sempre gosto de contar minhas histórias com Guita. Devo dizer que, rapazinho, eu era muito tímido em geral e perdi bons namoros devido a essa minha timidez. Quando vi a Guita, porém, não sei o que me deu na hora para ir, numa rajada só, até ela e me apresentar. Eu era, sim, meio namorador demais e, apesar da timidez, estava namorando outra moça na ocasião em que a vi na faculdade, mas, diante desse encontro arrebatador, a outra foi posta de lado. Ficamos amigos – essa outra namorada e eu – e até mantivemos contato durante a vida; ela morreu há dois anos. Eu tinha pretendido casar com essa outra, mas de repente mudou tudo. E não foi o acaso?...

O acaso e as escolhas

JC. Mesmo considerando os limites do "acaso absoluto", fica claro que o senhor é resoluto em suas decisões e atitudes. Como ficam as escolhas em sua história pessoal?

JM. É verdade que houve muita decisão em minha vida. Escolher também foi uma constante em minha trajetória. Quando jovem, por exemplo, assim que voltei dos Estados Unidos em 1931, tive a veleidade de estudar Medicina. Fiquei em dúvida: "Vou fazer vestibular de Direito ou vou me preparar para a Medicina?". Achava o Direito importante, mas identificava um mundo de muita injustiça, e não sabia se teria gosto de estar nisso... Feliz ou infelizmente, no fim eu acabei optando pelo Direito mesmo. A escolha por Medicina foi, assim, uma tentação. Acho que não teria sido bom médico como fui advogado. Nesse caso, como no da troca de namoradas, não foi exatamente o acaso. Acaso com a Guita foi o encontro inesperado no pátio da faculdade, mas o resto foi escolha. O Direito também. Diria que, além do acaso, escolha e dedicação foram sempre palavras importantes na minha história pessoal. Sempre fui bastante dedicado ao que fazia. Lembro-me de que, jovenzinho, eu não tinha boa fluência na redação, não escrevia bem. Tudo melhorou depois que entrei para o jornal. Certa vez, recordo-me bem, estava fazendo uma inscrição para o Carnegie Endowment for International Peace e escrevi uma carta que precisei refazer não sei quantas vezes, talvez umas dez, até que, por fim, tinha conseguido algo que me agradasse. Pois bem, fui mostrá-la ao meu pai, dizendo: "Olhe, agora eu consegui essa carta, eu escrevi dez vezes, mas afinal saiu" –, e ele gravemente disse: "Se você tivesse concentrado sua atenção na primeira vez, será que não teria conseguido a carta sem precisar escrever dez vezes?". Aquilo me deixou um pouco frustrado, mas pensei no sentido da lição, no fato de precisar escrever dez vezes a mesma coisa. Isso me valeu quando fui para o jornal, mas às vezes acontecia, principalmente no começo, de precisar escrever quatro ou cinco vezes uma noticiazinha de um programa de festas para a coluna "Sociedade". No entanto, lutava contra as palavras até ter uma coisa satisfatória. Mas aprendi. Dedicação. Esforço. Paciência!...

JC. E como o senhor escreve?

JM. Eu escrevo com caneta-tinteiro e máquina de escrever. É engraçado porque com máquina de escrever bato com dois dedos, mas muito depressa. Muito mesmo. Na máquina de escrever eu fazia tudo no jornal. E, aliás, o jornal funcionava na rua Boa Vista, esquina da ladeira de Porto Geral, bem no centro, e era muito movimentado. As acomodações eram pequenas para três redatores em cada sala, mas, mesmo assim, sempre havia um pouco de conversa e os visitantes eram muitos. Gostávamos de visitas, mas tínhamos que trabalhar... Mas era trabalhar e bater papo ao mesmo tempo. Conversávamos com os colegas jornalistas e com os "sapos", pessoas de fora que vinham "sapear". Eu aprendi a escrever e a conversar ao mesmo tempo. Então, quando eu escrevo aqui em casa, sempre à mão, sento-me próximo dos demais, o pessoal da família se reúne e eu acompanho a conversa escrevendo. São habilidades desenvolvidas. Chamo isso de "compartimentos comunicativos", situações em que várias coisas podem funcionar ao mesmo tempo. Mas também se dá o contrário com o "compartimento estanque", isto é, quando, concentrado numa coisa, eu abro esse compartimento e fecho os outros. De um ou de outro jeito, quando fecho os compartimentos, os "comunicativos" ou "estanques", não penso mais nisso.

JC. Escreve durante o dia ou à noite? Escrever não lhe tira o sono?

JM. Prefiro escrever durante o dia. É muito raro eu perder uma noite de sono. Acontece às vezes, mas é difícil. Tenho uma história a esse propósito: uma vez recebi um grupo de jornalistas que queria ver a biblioteca. Pediram para examinar uma determinada pasta onde eu tinha uns manuscritos e vários autógrafos. Tirei os autógrafos, coloquei-os em um lugar alto, mostrei os manuscritos aos jornalistas e, quando eles saíram, fechei a pasta. Depois fui ver se estava tudo em ordem. Procurei os autógrafos e não mais os encontrei. Comecei a procurar os autógrafos, procurei, procurei e nada. Procurei de todo o jeito, não encontrei, e me conformei, dizendo: "Bom, vamos ver, um dia, uma hora, aparecem". Mas confesso que aquilo me ficou na cabeça. Pois bem, uma noite, lá pelas duas da manhã, acordei me lembrando exatamente do gesto de ter posto os autógrafos numa prateleira alta. Levantei, vim, retornei os autógrafos à pasta e voltei novamente para o sono dos justos.

JC. Sua paixão é apenas restrita aos livros, expressões culturais e artísticas, ou há algo mais que lhe chame a atenção?

JM. Também tenho uns gostos curiosos. Quando viemos morar no Brooklin, não tínhamos telefone em casa e usávamos o telefone da mercearia na esquina da linha do bonde (hoje Vereador José Diniz). Uma vez fui telefonar e, enquanto telefonava, avistei umas prateleiras com garrafas antigas. Pedi uma escada, subi e vi que eram garrafas de vinhos, Madeira e Porto, de 1810, 1820, que provavelmente o dono do bar tinha comprado mas nunca ninguém tinha pedido, pois só pediam cachaça ou cerveja. Então, levei mais de uma hora escolhendo; a garrafa que ele tirava da prateleira eu ia comprando... A Guita até estranhou minha demora ao telefone. Voltei com uma cesta de garrafas! Prateleiras de garrafas é uma coisa que gosto de olhar também, não só de livros. Gosto muito de vinhos também. A minha filha Betty devia ter 9 anos quando uma noite Guita e eu voltamos do teatro às onze e meia da noite, e a Betty estava olhando uns livros. Ela me disse que sabia do que eu gostava: primeiro da família, depois dos livros e depois de vinhos. Ela tinha um raciocínio muito bom... Mas não aprecio tomar um vinho enquanto leio, afinal, pode molhar o livro...

JC. O senhor deve ter histórias fantásticas para contar sobre a biblioteca. Qual a sua favorita?

JM. Tenho, sim, muitas histórias envolvendo a biblioteca, mas a mais tétrica de todas é a do ladrão que ameaçou pôr fogo nos livros... Isso foi em 1984. Esta história é sinistra, mas tem tons cômicos porque mesmo a Guita depois reconheceu que houve certa ingenuidade nossa. Imagine que o ladrão entrou e me disse: "Se o senhor não me der o dinheiro eu ponho fogo na biblioteca porque eu sei que isso vai lhe causar um grande desgosto". A Guita, meio nervosa, argumentou: "Não é questão do desgosto que ele vai ter, é a perda que isto representa para a cultura em geral". Imagine que para o ladrão entender o argumento da Guita não seria fácil. De toda forma, negociamos para eu sair e arrumar o dinheiro pedido. A proposta dele era que ele saísse com a Guita até eu voltar com o que ele queria. A Guita entrou no carro dele e ele mostrou a ela uma granada, dizendo: "A senhora sabe o que é isto?". Ela respondeu: "Sei, isso é uma granada!". E o ladrão continuou: "A senhora sabe como funciona?". Ela: "Sei, tem que puxar este pino aqui". Sinceramente, não sei como é que ela sabia, mas ele garantiu: "Se vier a polícia atrás de nós, eu estouro a granada porque eu não tenho medo de morrer e nada a perder". A Guita pensou, pensou e perguntou a ele: "Esse carro é seu, ou foi roubado?". Meio curioso, o ladrão deu a resposta: "Esse carro eu peguei alguns dias atrás". Ela então alertou: "Então se a polícia vier, pode ser por causa do carro, não por causa deste assalto, de modo que o senhor não teria razão para explodir a granada". Meio nervoso, o ladrão disse: "A senhora tem razão". Aí ele deixou o carro e pegou um táxi com ela. Guita conversou com o rapaz e foi assim que ele lhe informou a escolaridade, disse que não tinha completado o ginásio e que estava desempregado, sem perspectivas... Mas a Guita continuou o papo e conversou bastante com o ladrão. A certa altura, ela perguntou em quem ele tinha votado, e ele disse: "Votei no Jânio Quadros". Ela então disse: "Ah! Só podia ser isso!". Ela era incrível! Guita tinha mais uma virtude rara: ela ficava amiga dos meus amigos e passava a gostar das coisas de que eu gostava. Mas não se trata de renúncia, de anulação de si mesma, não. Uma das características dela foi o respeito que tinha pelas minhas intuições e preferências por gêneros literários.

Drummond e a poética do colecionador

JC. Qual o papel da poesia na composição da biblioteca? Há algum destaque especial?

JM. Sim, poesia, como já mencionei, ocupa um espaço considerável na biblioteca. Entre tantos poetas, com alguns dos quais convivi, devo destacar o Drummond. Carlos Drummond de Andrade foi um encontro muito importante para mim. Ficamos amigos e nos encontrávamos em casa do Plínio Doyle, nos famosos Sabadoyles, mas aí se tratava de conversa cerimoniosa, do tipo: doutor Drummond, doutor Mindlin. Eu o admirava muito e um belo dia me veio a ideia de publicar um livro de arte com um texto do Drummond. Com essa ideia na cabeça, perguntei ao Plínio o que ele achava, se ele não podia sondar o Drummond. Ele disse: "Olhe, eu acho melhor você perguntar diretamente, porque para mim ele pode dizer não com a maior facilidade; agora, para você, se ele não quiser, ele vai dizer com mais cerimônia". E aí então eu disse ao Drummond: "Gostaria de publicar um livro de arte de um texto seu, o senhor concordaria?". Ele respondeu mineiramente: "Bom, claro, com muito prazer". Mas, atrevido, fui avante: "Mas eu gostaria de um texto inédito". Ele disse: "Texto inédito, expressivo, eu não tenho, eu não tenho nenhum, mas eu estou trabalhando um poema sobre um episódio que me impressionou a vida inteira, uma visita que o Mário de Andrade fez ao Alphonsus de Guimaraens, aos 25 anos. Se eu conseguir terminar esse poema, eu lhe mando". Tiro certeiro: em um ou dois meses, recebia um pacote do Drummond com um bilhete: "Promessa cumprida, aí vai o texto". Foi assim que se estabeleceu a amizade. Nós levamos seis meses discutindo como produzir o livro, o que fazer, que tipo de edição seria, como e quando lançar... Eu ia à casa dele ainda que ele nunca viesse aqui. Foi um tempo muito fértil até porque ele gostava de arte gráfica também. Discutíamos detalhes e ele expressava suas vontades e juntos resolvíamos os problemas. Eu dizia: "Aqui há linhas que são grandes demais, temos de partir esta linha", e ele respondia: "Mas eu não gosto de linha partida". Eu dizia: "Também não gosto", mas emendava: "Então o livro não pode ser vertical, tem de ser um livro horizontal", e ele insistia: "Mas eu não gosto de livro horizontal". Eu voltava: "Também não". Enfim, levamos um tempão conversando para chegar a uma fórmula, formato, tipo, mas o caso da ilustração foi mais complicado. Ele sugeriu um amigo, mas eu não quis arriscar, pois de repente não ia gostar do desenho e, então, sugeri a Renina Katz. Falei com ela, que disse: "Olhe, eu gostaria muito de ilustrar um livro do Drummond, mas o meu trabalho não tem nada a ver com esse texto". Aí eu disse a ela: "Então você diga isso ao Drummond, porque o Drummond deve estranhar o fato de uma pessoa se recusar a ilustrar um livro dele". Ela, obediente, escreveu ao Drummond, tratando o Drummond por "você", e eu, vendo aquilo, disse ao Drummond: "Eu acho que nós temos que acabar com essa história de doutor Drummond, doutor Mindlin, porque, se a Renina escreveu uma carta o tratando por 'você', então vamos nos tratar de 'você', que é muito mais simples". Com esse incidente de percurso, e com a negativa da Renina em fazer a ilustração, restava o problema: como solucionar o caso? Eu tinha pensado em fotos assim meio de sonho, alguma coisa – não fotografia realista – mas do ambiente do século XIX. Foi assim que pensei em Maureen Bisilliat. Demos entrada no projeto e a Guita, a Maureen e eu fomos para Minas. Ficamos uma semana em Ouro Preto e em Mariana, onde morou o Alphonsus. Sinceramente, nós nos sentimos em casa. Vasculhamos o que foi possível nos arquivos da família. Perguntamos se eles tinham fotografias antigas, mas não achamos nada, aí um dia Maureen pegou uma pedra no chão, uma pedrinha comum, e disse: "Olhe, pedra é essência de Minas. Por que não fazemos macrofotografia destas peças?". E isso é o que foi feito. No fim, o livro, *A visita*, saiu bonito.

JC. E há outros casos interessantes que gosta de contar?

JM. Outra história relevante com o Drummond é a edição do *Quixote*. Na verdade, esse caso partiu da iniciativa de um amigo meu, o editor Gastão de Holanda, um dos fundadores do *Gráfico Amador* em Recife, e que havia se mudado para o Rio. Ele queria fazer um livro com ilustrações do Portinari e veio aqui em casa para examinar uma edição rara do *Quixote*. Na biblioteca, vendo o livro, disse a ele: "Sinceramente, acho que não ficará muito interessante, pois assim a ideia não é original... Por que você não pede um texto ao Drummond?". Ele era bastante amigo do Drummond e, por isso, eu insisti: "Peça ao Drummond uns poemas, um texto dele sobre o *Quixote* e junte às ilustrações do Portinari". Ele concordou e pediu ao Drummond. Foi assim que nasceu aquela edição que é linda, linda!... E há a história de que mais gosto com o Drummond, que é a dedicatória, resultado de uma amizade cultivada na admiração mútua. Ficamos bastante próximos desde as reuniões do Sabadoyle e, como prova de nossa aproximação, Drummond passou a mandar, de presente, livros. Isso se deu a partir da década de 1980. Nas comemorações dos 80 anos dele – eu conhecia o Drummond fazia uns três anos – um jornal pediu-me para escrever uma coisa sobre ele e, depois de pensar, concluí que conheci o Drummond como quem chega para um banquete na hora da sobremesa. Afirmei isso porque não tinha uma velha amizade com ele, mas garanto que construímos uma relação sólida, com um sentimento forte e bonito.

JC. Quer dizer que a biblioteca propiciou também importantes amizades...

JM. Sim. E, entre tantas amizades, a do Drummond. O Drummond era mesmo um sujeito admirável, único. Mesmo com idade mais avançada, nunca renunciou ao amor e aos gostos da vida. Como bom mineiro que morava no Rio, por exemplo, ele amava o mar. Gosto de pensar no significado da escultura dele sentado à beira-mar em Copacabana. Ele ali, imortalizado, como que conversando com as pessoas ou esperando sua querida. Conheci o grande amor dele. Ela, jovem, lindíssima... Só a conheci pessoalmente, de conversa, depois que ele morreu. Antes havia me encontrado com ambos uma ou duas vezes em frente à Biblioteca Nacional. Ele me apresentou a ela, mas cerimoniosamente. Depois que Drummond morreu, ela se dirigiu a mim dizendo do apreço que ele nutria por nossa amizade. Aliás, outro amigo comum disse que ele se referia a mim como "um mito", imagine! Para mim o mito era ele. Foram poucos anos de amizade, mas valeram muito. Sempre que ia ao Rio passava pela casa dele, pela manhã. Ele estava sempre sozinho, pois a manhã era dele e da intimidade dele: só ele atendia ao telefone; empregados, ninguém podia atender pela manhã. Era seu segredo. Nossa amizade foi tão grande que para mim ele mostrou a série de poemas eróticos antes de serem publicados. O Gastão também tinha conhecimento dos poemas. Como bom editor e pessoa que sabia de meu pendor pelos livros, o Gastão, em meu aniversário, sempre me presenteava com uma edição impressa, feita à mão, com tiragem de dois ou três exemplares. Houve uma ocasião em que ele fez até uma edição de um só exemplar, e isso se deu com o Drummond. Para fazer uma surpresa, o Gastão pediu licença para publicar os poemas eróticos no meu aniversário e, veja que deferência, o Drummond disse que para mim poderia, sim, publicar. Isso foi em 1977... O Gastão, mediante a autorização, disse: "Então eu vou fazer dois exemplares, um para o José e outro para você". Pois bem, imagine o que o Drummond disse: "Não, eu não sou colecionador, faça um só, faça um único para dar de presente a ele". Então, eu tenho esses poemas eróticos nessa edição única. O Drummond tinha uma grande dúvida se devia ou não publicar esses poemas para todos, ficava preocupado com o que iriam pensar dele...

JC. Tendo conhecido tão intimamente Drummond, gostaria de saber o que mais lhe agrada na produção dele.

JM. Gosto muito mesmo é do Drummond autobiográfico. Penso, por exemplo, nos versos em que ele fala: "Na curva perigosa dos cinquenta / derrapei neste amor...". Nesse caso ele falava da amada. Ele tinha 50, ela tinha 20 anos. E ele teve uma porção de casos, mas sempre mantendo a relação com ela, a amante. Também fui amigo da Maria Julieta, a filha de Drummond. Ela vivia em Buenos Aires. Eu uma vez tinha que ir até lá e o disse ao Drummond que, por sua vez, recomendou-me procurá-la. Foi o que fiz e ficamos amigos. Minha relação com o Drummond foi tão intensa que, no dia do falecimento da filha, fiquei atordoado porque não pude ir ao velório por causa de uma viagem marcada, mas ao voltar, na semana seguinte, telefonei para ele e disse: "Drummond, amanhã eu vou ao Rio a trabalho e gostaria de ver você. Posso ir de manhã?". Ele disse: "Não, vamos deixar para outra hora, amanhã eu tenho de ver coisas de inventário, eu estou muito ocupado mesmo". Senti que ele não estava querendo ver ninguém. No Rio, porém, depois do almoço, liguei outra vez, dizendo: "Drummond, posso ir até aí? Eu quero lhe dar um abraço". Aí ele disse: "Então venha". Quando eu cheguei, ele estava na portaria do prédio, para me receber. Subimos e os primeiros dez, quinze minutos foram bastante penosos porque nem ele, nem eu sabíamos bem sobre o que falar. Por fim, fui dizendo: "Sinto muito por tudo...". Finalmente, depois ele foi se animando um pouco e a conversa caminhou. Ele pediu que eu procurasse em São Paulo uma boa instituição para dar um dinheiro que a Maria Julieta havia deixado, e aí a coisa foi fluindo. Fiquei mais de duas horas lá, ele me contando da vida dele. Mesmo sendo amigo fraterno, foi apenas nessa conversa, nesse encontro, que aprofundamos temas íntimos. No dia seguinte ele foi internado e morreu. Acho que fui o último visitante dele, porque o Silveirinha, que foi ministro do Exterior, descreveu sua última visita ao Drummond, na véspera do dia em que eu fui, de modo que realmente fui eu o último a vê-lo... Nessa conversa Drummond me contou que namorou a Dolores e que, por isso, por dever de honra, achou que tinha que se casar com ela, mas não foi um casamento feliz. Logo após a morte do Drummond, Plínio Doyle e eu queríamos fazer uma edição de arte dos poemas eróticos, mas não chegamos a fazê-la. Felizmente, tenho muitas coisas do Drummond, em especial uma edição com dedicatória – ele me fez um versinho, que é: "Procure no dicionário, falta rima para o corpo, não é nada extraordinário, sua rima é outro corpo". Lindo...

Outros amigos: a coleção de gente

JC. E, além de Drummond, quais suas preferências na literatura brasileira?

JM. Para mim, é difícil falar de preferências na literatura brasileira. De toda forma, não tenho como deixar de reconhecer a importância de João Cabral de Melo Neto. Falar de João Cabral implica chamar novamente à cena meu irmão Henrique, que era muito amigo dele. Eu, pessoalmente, só tinha visto João Cabral uma ou duas vezes no Rio, mas calhou de certa vez ir a uma reunião da Alalc, em Assunção, e me encontrar com ele. Antes é preciso reconhecer que aquela era uma situação incrível, pois, junto com João Cabral, que era nosso embaixador, o ministro-conselheiro era o Lauro Escorel, que atuava com o adido cultural, Paulo Franco. Portanto, tínhamos três grandes intelectuais juntos, o que dava a sensação de um excesso de qualidade para uma embaixada só. Isso, contudo, se justificava porque o Paraguai então era um dos pontos nevrálgicos da política sul-americana e precisava de gente capaz.

JC. Então seu irmão Henrique funcionou como elo...

JM. Sim. Antes de ir para a tal reunião, o Henrique sugeriu-me que procurasse o João Cabral, a quem eu já havia pensado em visitar pelo fato de ser uma reunião latino-americana. Aliás, não poderia ser de outro jeito, pois eu estava presidindo a delegação brasileira. Tudo isso é bastante curioso porque a fama de João Cabral era conhecida: sisudo, exigente, direto. Gastão de Holanda, pessoa de discernimento e juízo apurado, disse-me que devia ir preparado para me submeter ao julgamento de João Cabral porque ele era do tipo que "gosta ou não gosta, sem meio-termo". No primeiro caso, se ele se limitasse aos quinze minutos formais e protocolares, seria porque não estava disposto a entrar em conversas mais prolongadas. Avisado, fui, mas depois de uma meia hora de conversa, porque ele estava ocupado, convidou-me para jantar em sua casa e me senti aliviado, porque havia passado no teste. Fui e ficamos por horas conversando sobre vários assuntos. Nossas afinidades se revelaram logo e de tal maneira ficamos próximos que a ausência da mulher dele, Stella, se justificava como encontro de "velhos" amigos. Conversamos até uma hora da manhã e, como se não bastasse, no dia seguinte, durante a recepção oficial na embaixada, ele me puxou de lado perguntando o que eu iria fazer naquela noite. Eu disse: "Nada, não, não tenho programa algum". E ele retrucou: "Então vá jantar lá em casa". Assim se repetiu a história do jantar anterior e da conversa até uma hora da manhã. Falamos sobre tudo, sobre os fatos da própria reunião, sobre política, mas principalmente sobre a obra dele. Nesse campo, eu diria que conversamos mais detidamente a respeito das edições das obras dele. Abordamos questões ligadas às primeiras impressões de seus poemas, feitas ainda em imprensa manual, onde eram publicados textos dele e de outros poetas brasileiros e catalães.

JC. E sobre o que conversaram?

JM. Conversamos bastante sobre arte gráfica em geral e em particular sobre o tempo do *Gráfico Amador* e sobre a figura do incrível Gastão de Holanda. Muito atencioso, ele deu-me umas duplicatas de edições antigas e, assim, creio, acabei tendo a coleção mais completa do *Gráfico Amador*. O Henrique e eu éramos sócios, diria sócios entre aspas, do *Gráfico Amador* porque reconhecíamos naquele grupo um trabalho importante. Embora não podendo frequentar os bastidores da editora, procurávamos ajudar o máximo possível. Diretamente, porém, eu só vim a conhecer os seus membros nos anos de 1960, creio que em 1962, quando o Arraes tomou posse como governador de Pernambuco. Nessa ocasião, tínhamos planejado uma viagem até o Amapá, passando por vários estados, e em Recife a estada foi mais longa exatamente por causa do *Gráfico Amador* e do Gastão. Fiquei amigo de praticamente todos os membros do *Gráfico Amador* e da editora, que se chamava Igarassu. O engraçado dessa história é que Henrique e eu não tínhamos participação efetiva, acho que éramos os únicos membros do *Gráfico Amador* não pernambucanos. De toda forma, estabeleceu-se uma relação de amizade fecunda, criativa. As impressões que eles faziam eram de muito bom nível artístico, as tiragens manuais, limitadas. Nessa viagem conheci outros escritores, como José Antonio Gonsalves de Mello, que foi um dos grandes historiadores pernambucanos, autor de textos sobre a Inquisição no Brasil. Então, em relação a João Cabral, aquela visita a Assunção consolidou uma amizade que era alicerçada em outras. Mais tarde ele foi para o Senegal, tornandose embaixador em Dakar, e um dia recebi um telegrama dele, pedindo que eu mandasse algumas das edições raras de sua obra para uma poetisa do Rio Grande do Norte, Zila Mamede, que estava fazendo uma biografia dele. Liguei para a Zila dizendo que ia mandar as publicações, mas ela recusou, pois não queria correr o risco de extravio. Prudente, Zila preferiu deixar para ter contato pessoalmente com as edições quando viesse a São

Paulo. Quando veio, hospedou-se em nossa casa e pôde ver uma publicação, *Constelação*, que eu tinha feito com o Gastão e a Cecilia Jucá, uma edição bilíngue, de poemas do Octavio Paz, com ilustrações do Adão Pinheiro.

JC. Poderia falar um pouco de Adão Pinheiro?

JM. Adão Pinheiro é uma figura interessante que, creio, veio para São Paulo durante o regime militar e ficou em casa por uns três meses. Aliás, ele ficou conhecendo a biblioteca praticamente tão bem quanto eu. Quem me apresentou ao Adão foi o Gastão. Adão vinha a São Paulo para encontrar apoios e assim virou meu hóspede. Enquanto ficou em casa, ilustrou a edição de Octavio Paz. Sobre isso, aliás, convém lembrar que o receio que a Zila manifestou mostrou ser plausível, porque ele imprimiu no Recife 150 exemplares e dividiu-os em dois pacotes destinados a mim, pelo correio, para fazer a encadernação em São Paulo. Pois bem, um dos pacotes se perdeu, e o pior é que não correspondiam aos 75 exemplares integrais, porque o pacote que se extraviou era exatamente o que continha a metade do total que ainda não estava paginado; assim, então, foi preciso reimprimir uma parte completa em São Paulo. Depois de 1964, em consequência da repressão, o *Gráfico Amador* se dispersou. Como todos eram de esquerda, foi um desastre. Gastão de Holanda, por exemplo, que trabalhava no Banco do Brasil, foi transferido para Goiás. Nesse caso, consegui através de amigos que a transferência dele fosse feita outra vez, agora para Campina Grande, na Paraíba, que é praticamente encostada no Recife. Foi assim que refizemos nosso contato. Ele, o Gastão, era um bom gráfico e escritor. Continuei amigo do João Cabral pela vida toda, ainda que não nos víssemos com muita frequência, mas nós estivemos juntos, por exemplo, no lançamento do livro dele sobre o Frei Caneca. Lembro-me de que participamos de um debate na televisão, por ocasião desse lançamento. No final de sua vida os encontros foram se distanciando: ele ficou doente, quase cego, muito deprimido, aí praticamente não o vi mais, era um ou outro telefonema, mas aquele contato anterior, não.

JC. E há mais pessoas que gostaria de mencionar?

JM. Outro grande poeta que tive o privilégio de conhecer foi o Oswald de Andrade, fantástico poeta. Encontrava-me com ele com frequência na casa do Lasar Segall, outro grande amigo. Isso é muito interessante porque, uma vez, juntamente com mais três amigos, Mário da Silva Brito, Ernani Campos Seabra e o filho do Oswald, fizemos uma edição das *Elegias de Duíno*, de Rainer Maria Rilke, traduzido por Dora Ferreira da Silva... E foi uma edição limitada, com 120 exemplares, e com um problema a mais: nenhum de nós tinha dinheiro para fazer uma edição com gravuras. Então foram feitos, para cada exemplar, dois desenhos que perfizeram no total 240. Depois, fomos mostrar ao Oswald, que nos perguntou por que não publicávamos "O Santeiro do Mangue", poema longo de autoria dele. Esse texto, nos anos 1950, era impublicável porque era um libelo anticlericalista, mas hoje vemos que não há nada de mais nele, e o Segall depois disse que, se fizéssemos isso, ele ilustrava. Na realidade, só pela ilustração do Segall, já teria valido a pena... Infelizmente o livro acabou não saindo e depois nós quatro não fizemos mais nada juntos, livro, texto, nada, o que é bem frustrante. E o Oswald é responsável pela grande desavença entre grandes escritores brasileiros, que foi a briga dele com o Mário de Andrade. Tudo porque o Oswald levantou dúvidas sobre a identidade masculina do Mário, e eles, que eram grandes amigos, não se falaram mais. O Oswald até tentou a reconciliação, mas o Mário era muito teimoso. E era até engraçado, porque um, o Mário, não era muito famoso por suas conquistas, e outro, o Oswald, era um conquistador nato, tanto que se casou cinco vezes...

JC. E sobre sua passagem pelo Arquivo do Estado de São Paulo, que tem a dizer? Sua amizade com Francisco de Assis Barbosa foi fundamental para sua gestão, não foi?

JM. Sim, foi. Outro escritor, intelectual de primeira linha, pessoa com quem eu tive muita amizade, foi Francisco de Assis Barbosa. Chico Barbosa também era amigo do Henrique. Eu só o conheci em 1975 quando assumi a Secretaria da Cultura, Ciência e Tecnologia do Estado de São Paulo. Logo depois que aceitei o cargo, fui fazer uma visita surpresa ao Arquivo do Estado e encontrei um verdadeiro desastre, muita coisa perdida e em mau estado de conservação. Precisava de um novo diretor para o Arquivo e por coincidência naquela noite o Chico ia jantar em casa. Então, como já possuía excelente referência dele, no encontro perguntei se ele aceitaria o cargo de diretor do Arquivo. Diante do convite súbito, ele disse: "Olhe, isso é uma coisa meio complicada porque eu moro no Rio, mas podemos ver o Arquivo e depois eu vou pensar e resolvemos". Eu logo fui dizendo que aquilo não iria funcionar porque sabia que, se ele visse o Arquivo, não aceitaria o cargo, e impus: "Você tem que resolver agora. sim ou não". Ele aceitou, então se estabeleceu contato bastante amistoso. O Chico era um jornalista brilhante, escreveu a melhor biografia de Lima Barreto que é, provavelmente, a melhor biografia que se fez no Brasil. Aqui de São Paulo eu conheci, quando trabalhava no jornal *O Estado*, Guilherme de Almeida e Antônio de Alcântara Machado. Havia outros mais velhos do que eu, como Léo Vaz e Antonio Olavo Pereira, que era irmão de José Olympio. Outros foram Afonso Schmidt, que era da redação do *Estado*, depois Paulo Duarte, um intelectual combativo a quem eu chamava de Dom Quixote das causas perdidas porque lutava sempre com coragem.

O terno amigo eterno: Antonio Candido

JC. Dentre tantas amizades, a sua com Antonio Candido é famosa...

JM. Dentre todas essas amizades, há um amigo que é da vida inteira, Antonio Candido. Eu o conheci melhor quando ainda era solteiro. Encontramo-nos no casamento de um amigo em Poços de Caldas, e ele estava lá com uma namorada simpaticíssima, Heleninha Andrada, descendente de José Bonifácio, uma menina encantadora. Aconteceu que eu também me encantei por ela e, quando eles terminaram, ela tornou-se minha namorada. Depois que rompemos, ela voltou para o Antonio Candido novamente, mas nossa relação não foi abalada em nada. Pois bem, entre ele e eu, ela acabou se casando com um argentino, foi morar em Buenos Aires e não foi nada feliz. Antonio Candido casou-se com Gilda, que era sobrinha de Mário de Andrade, uma figura admirável, e eu me casei com a Guita, e fomos muito felizes em nossos casamentos. Antes de Minas eu já havia me encontrado com ele quando fui trabalhar com o Antônio Augusto Covello, cujo irmão, Miguel Covello, era um médico casado com uma tia de Antonio Candido. Sobre o início de nossa amizade, lembro-me de que uma vez nos avistamos no Theatro Municipal por ocasião da apresentação de uma companhia francesa. Fui conversar com ele sem saber que tinha feito um grande elogio àquela companhia francesa e eu disse: "Olhe, a Companhia é boa, mas não se compara, por exemplo, com Maurice Ferrondini", que tinha estado no Brasil. Ele ficou muito passado vendo que, sem querer, eu o tinha contrariado.

JC. Além da amizade e das relações sociais, havia também trocas intelectuais...

JM. Sempre respeitei muito Antonio Candido. Muito. E até conto uma coisa engraçada que nos aconteceu: fomos convidados para fazer a abertura de um seminário sobre Guimarães Rosa, na USP, e estava cheíssimo de estudantes. Eu pedi licença para falar em primeiro lugar, não por causa do estatuto do idoso, mas respeitosamente queria falar antes do "irmão menor". Fiz isso porque falar depois de Antonio Candido era um risco... O engraçado é que fui visitá-lo na semana seguinte e ele me contou que a filha, que estava sentada no público ao lado de um rapaz, ouviu o seguinte: "Eu gostei mais da fala do irmão mais velho". Rimos da história, achando muita graça, porque realmente nós sempre tivemos uma amizade na qual não entrou um grão sequer de competição. Eu respeito Antonio Candido como uma grande figura e, confesso, uma das minhas frustrações na vida foi não ter sido aluno dele, porque eu sou cinco anos mais velho do que ele.

JC. Mas como funcionava essa amizade com Antonio Candido?

JM. Antonio Candido é realmente um grande amigo meu e, como ambos somos apaixonados por livros, sempre o presenteei dessa forma. Ele até tem uma estante só com livros que lhe dei de presente em seus aniversários ao longo dos anos, e a grande maioria de edições bastante raras, primeiras edições que sabia que ele estava procurando... Sempre dei livros de presente para Antonio Candido, e ele nunca reclamou. Pelo contrário, adora tanto quanto eu. Aliás, as filhas dele, a Ana Luisa, a Laurinha e a Marina, são moças de muito valor, inteligentíssimas, trabalharam muito, é muito complicado o parentesco com alguém tão marcante como Antonio Candido, mas elas conseguiram, e do jeito delas... Isso é uma coisa que tanto o Antonio Candido e a Gilda quanto eu e a Guita temos em comum: demos a liberdade para cada um de nossos filhos seguir seu próprio caminho, sem se preocupar em dar continuidade a nada, sem nenhum tipo de dependência em relação a nós...

Companheiros de páginas

JC. A amizade de vocês envolvia outras pessoas?

JM. Falar de minha amizade com Antonio Candido me faz lembrar outra, com Sérgio Buarque de Holanda. Lembro-me de uma noite em especial, aqui em casa. Foi quando saiu a *Bibliografia Brasiliana* de Rubens Borba de Moraes. Foi uma noitada muito divertida porque o Antonio Candido e o Sérgio Buarque tinham uma capacidade extraordinária de imitar pessoas. Na verdade, eu conheci o Sérgio Buarque em um tribunal do júri porque ele e eu tínhamos sido sorteados para servir como jurados num processo. Começou aí uma amizade que durou bastante.

JC. Essa constelação era ampliada?

JM. Sim. Sempre chegava mais gente, mas havia também os velhos amigos. Os irmãos Campos, por exemplo, eu conheci há muito tempo e ambos foram duas figuras significativas em minhas relações. O Augusto ainda é, o Haroldo infelizmente morreu, mas eu o conheci quando assumi a Secretaria. Lembro-me de que o convidei para o Conselho de Cultura, e ele me disse, com certa ironia, que já tinha passado da idade de ser membro de conselhos. Eu, resignado, respondi: "Bom, paciência, sinto muito". Aconteceu que, dois ou três meses depois, ele veio me propor uma coedição de um livro dele, e eu então devolvi: "Haroldo, você não acha que já passou da idade de fazer coedição?". Sabe, eu tenho um pouco de mineiro, de alguém que cultiva uma vingancinha sincera. Eu nunca discuto na hora se alguma coisa não agradou ou se me magoou, deixo de lado, não digo nada imediatamente, mas, na primeira oportunidade, como essa, por exemplo, eu devolvo... Ele, naturalmente, achou ruim, mas depois de um tempo restabeleceu-se a amizade. Intelectualmente eu os conheci quando eles começaram o movimento concretista e confesso que achei aquilo mais exercício gráfico do que literatura propriamente. Com o tempo, minha opinião mudou porque os trabalhos deles são bons e se impuseram literariamente. Além disso, como tradutores eles são realmente imperdíveis, incomparáveis.

JC. E sempre houve amizades ou elas se intensificaram depois da biblioteca constituída?

JM. É fácil ver por que minha vida intelectual divide-se em antes e depois da morte de meu irmão Henrique. Ele era um nome muito conhecido por ser amigo de todos. Eu era mais referido pelas atividades culturais da Metal Leve ou então como empresário, e isso porque fui atuante na Federação das Indústrias. Com a morte do Henrique, em 1971, passei a ter um gênero de vida mais parecido com o dele. Aliás, sobre isso Guita dizia: "Depois da morte do Henrique você ficou muito mais ativo socialmente". De toda forma, essa ampliação da roda de conhecidos tem correspondência com o crescimento da biblioteca, até porque aos poucos, mais e mais, ela começou a ser procurada por pesquisadores, escritores, intelectuais que vinham visitá-la.

JC. Suas amizades eram restritas aos contatos brasileiros ou se expandiram?

JM. Em relação aos escritores latino-americanos, eu tive contato direto com alguns, como o Julio Cortázar, que conheci pessoalmente por meio de Haroldo de Campos, que o levou em casa. Fizemos uma boa amizade. Eu me lembro de que uma vez ele estava saindo e, perto do portão, vendo uma flor muito bonita, perguntou à Guita qual era o nome, mas como a Guita disse que não sabia, ele respondeu: "No importa; la flor, tampoco lo sabe...". Independente de conhecer pessoalmente, li a obra do Borges, de Roa Bastos, esse paraguaio magnífico. Li muita coisa chilena, mas o autor latino-americano que mais me impressionou foi o García Márquez. Dele li *Cien años de soledad* [*Cem anos de solidão*] e fiquei impressionado. Acho até que, se não tivesse escrito mais nada, seria um grande escritor, dos melhores. Dele li outros livros também, como *O amor nos tempos do cólera*, que é um bom texto, mas nenhum chega a atingir *Cien años*.

JC. Como se davam os encontros com esses estrangeiros?

JM. Os contatos com escritores estrangeiros sempre dependeram de visitas deles ao Brasil ou minha ao exterior. Foi assim com o Saramago, que eu conheci na casa do Luiz Schwarcz, num jantar. Alguém nessa ocasião sugeriu que eu o convidasse à minha casa para conhecer a biblioteca. Ele veio e aquilo nos aproximou instantaneamente. Creio que meu primeiro encontro com Saramago foi em 1982 ou 1983. Na ocasião tinha lido *Memorial do convento*, sobre Mafra, e estava muito impressionado com ele pelo jeito com que abordou a história de Bartolomeu de Gusmão. Acho que esse é um dos melhores livros dele, um dos melhores, porque o melhor mesmo é *O evangelho segundo Jesus Cristo*. Sobre isso, tenho até uma carta dele, em que dizia estar trabalhando nesse livro que, segundo ele, lhe metia medo e, com certo mistério, ele completava afirmando não saber em que aquela aventura iria dar. Minha amizade com Saramago é especial para mim a tal ponto que, quando publiquei o meu livro em 1997, *Uma vida entre livros*, na parte em que falo sobre várias amizades, dizia que quem podia afirmar se eu era amigo de Saramago ou não seria ele próprio. Na verdade eu não queria – como ele era uma figura extremamente prestigiosa – parecer que estava me gabando de ser seu amigo. Aconteceu que em uma viagem a São Paulo nessa ocasião, o Luiz Schwarcz deu o meu livro a ele – que leu de um dia para o outro – e ele protestou afirmando algo assim: "Como é que ele estava dizendo que não podia se declarar amigo meu?!". Mas o que nos uniu mesmo foi o amor pelos livros. Aliás, é curioso como os livros aproximam as pessoas.

JC. Esse tipo de experiência se repetiu com outras figuras?

JM. A mesma coisa aconteceu com Jean-Claude Carrière, o cineasta que veio ao Brasil procurar um local para a filmagem de *At Play in the Fields of the Lord* [*Brincando nos campos do Senhor*]. Primeiro ele foi para Rondônia juntamente com o Hector Babenco e com um produtor americano que tinha mais de 70 anos. Eles andaram na mata, sem sucesso, por uns 25 quilômetros, buscando um lugar ideal para as filmagens. A Betty estava lá e os ajudou, mas, mediante o fracasso, para ser simpática, quando o Carrière voltou a São Paulo, ela me disse: "Você devia convidá-lo e fazer um almoço para atenuar aqueles 25 quilômetros inúteis". Ele aceitou o convite e ocorreu a mesma coisa: se encantou com a biblioteca. Diga-se de passagem que ele também tem uma biblioteca excelente e assim ficamos amigos. Toda vez que vamos a Paris fazemos uma visita à casa dele, que aliás é fascinante.

JC. E essas amizades eram sempre com escritores?

JM. Não. Não foi só com escritores que eu convivi. Artistas eu conheci muitos, até porque papai era apaixonado por artes plásticas, mas ele não chegou ao Modernismo, pois morreu com 52 anos. Papai era um autodidata em arte, mas muito interessado. Quando chegou ao Brasil em 1910, o gosto pela pintura acadêmica prevalecia. Na medida em que podia, papai formou uma coleção boa de arte acadêmica brasileira e italiana, principalmente, mas depois ele se encantou com os flamengos e holandeses do século XVII. Essa coleção foi vendida parcialmente, ainda que minha irmã, que morreu em 2005, mantivesse a maior parte. O curioso é que papai fez trabalhos também de identificação de seus quadros do século XVII, analisando os pigmentos, examinando as camadas de madeira ao microscópio. Papai era tão entusiasta que houve uma exposição retrospectiva de Rembrandt e ele foi à Europa especialmente para essa exposição.

Restauro era uma paixão de meu pai, mas foi uma segunda paixão artística: a primeira era mesmo a pintura. Lasar Segall era amigo pessoal de papai e também da família Klabin, que tinha, então, três moças: uma, Luisa, se casou com um médico alemão, doutor Lorch, que ficou muito amigo nosso também – ela o conheceu quando o pai dela morreu na Europa, e teve que trazer o corpo para São Paulo, naquele tempo de navio. A Mina se casou com um arquiteto modernista, o Warchavchik, e a Geni se casou com o Segall. Nesse meio, então, papai discutia muito a arte moderna. Naquele tempo, nos anos de 1920, eles eram considerados meio malucos. Eu lembro que o Segall sugeriu ao papai que convidasse o Mário de Andrade para uma visita a fim de conversar sobre arte. Sei que isso deu certo e Mário foi à minha casa.

JC. Então seria correto supor que essa prática de amizade, ainda que intensificada depois da morte de seu irmão Henrique, representava uma tendência familiar?

JM. Sim, eu era menino, devia ter 13 anos, e lembro-me de que fiquei no canto da sala – naquele tempo as casas tinham salas de visita –, fiquei discretamente no canto, ouvindo a conversa, mas o Mário de Andrade não conseguiu convencer papai da validade do Modernismo. Pouco depois entrei no *Estado*, e lá, pelo jornal, vendo a frequência de artistas modernos, eu cheguei à conclusão – uma tese que não é minha invenção, mas é de minha adoção – de que gosto não é critério de julgamento da arte. Independentemente de gostar ou não – a não ser do que é obviamente ruim – em geral não se gosta porque não se compreende, porque não se absorveu a essência da obra. Isso eu percebi em mim mesmo: a evolução do meu gosto por Georges Braque ou por Picasso. Curiosamente de Matisse e Chagall eu gostei desde o começo, mas dos outros, não. Eu, pessoalmente, acho Braque um artista extraordinário. De Picasso eu vi uma exposição retrospectiva em 1966, em Paris, e saí deslumbrado, porque o que ele pintou quando tinha 20, 21 anos o consagraria como um grande pintor, se ele morresse naquela ocasião. Picasso dominava a técnica com muita profundidade e acho que ele tinha o direito de pintar o que quisesse, com o talento que ele tinha. Há muita coisa de Picasso que ainda hoje eu não entendo, então eu sempre prefiro dizer que não entendo a dizer que não gosto, porque eu passei a gostar de muita coisa que eu achava detestável, absurda.

JC. Houve algum fato notável do qual guarda lembrança?

JM. Acompanhei o debate do Monteiro Lobato sobre a obra de Anita Malfatti, a aversão dele à arte moderna. Eu era muito menino naquela ocasião, mas reproduzia aquela percepção paterna: em casa os modernistas não chegaram a entrar, de modo que eu não aceitava aquelas inovações. Acho que o momento de mudança de meu ponto de vista foi quando eu entrei no *Estado*, aí eu conheci o Alcântara Machado, que não era da redação, mas a frequentava muito. O ambiente do jornal era polêmico e muito dinâmico e, como jornalistas, não podíamos ficar distantes dos grandes debates. A questão do Masp, por exemplo, dominava os debates e mesmo que quisesse não tinha como ficar alheio. De toda forma, fui-me inteirando das exposições e aos poucos conhecendo mais sobre a perspectiva modernista.

JC. Falamos de literatura, artes plásticas e até de produção de livros, mas como foi sua história com o teatro?

JM. Por razões familiares, minha história com o teatro foi próxima e constante, pois minha irmã fazia parte de um grupo de teatro amador. Era um grupo promissor e tinha figuras como Paulo Autran, artista amador ainda, mas que prometia muito. Conheci também Cacilda Becker através da Esther. Infelizmente, ela não continuou no teatro porque o marido vetou categoricamente, achando que o teatro era um lugar de prostituição. Em relação à biblioteca, comprava mais textos teatrais do que de cinema. Eu ganhei muitos roteiros de cinema e eu gostava de ler, às vezes, antes de ver o filme. Fazia isso em relação ao cinema em geral, tanto com filmes americanos como europeus. Gosto de ler roteiros porque permitem compreender melhor o filme e há também algo que me atrai ao ler antes os roteiros: nós percebemos quanta coisa escapou da primeira visão do filme. Eu ia muito ao cinema, mas no tempo da censura fiquei como tantos, meio afastado. Como ia com frequência para os Estados Unidos por conta da Metal Leve, em Nova York chegava a ver três filmes por dia. Agora que eu estou com meu problema de visão, praticamente deixei de ir ao cinema, porque os bons filmes estrangeiros vêm com a legenda e, como temos que prestar atenção à fala e ao mesmo tempo à legenda, acabo não vendo uma coisa nem outra. Esse problema de visão é uma injustiça da sorte, mas não é só ele porque também eu não ouço muito bem. Quanto ao ouvido tenho um aparelho, mas eu praticamente não o uso. Em termos de leitura, tenho quem leia para mim, mas isso é uma coisa demorada e não acontece em horas em que eu desejaria ler um texto. É muito frustrante, pois eu pego uma coisa na biblioteca e com lupa consigo ver o título e mais nada.

Os oitenta anos da biblioteca e o futuro

JC. E agora, que a biblioteca chegou aos oitenta anos, como o senhor vê o futuro? O que vai acontecer com ela?

JM. Esta biblioteca, como já disse, é a minha "loucura mansa". Em toda a história não vi um caso assim, da mesma pessoa por oitenta anos formar a biblioteca. É algo inédito... Ainda agora, com meus 92 anos, gosto muito dela, ainda coleciono livros de que tanto gosto, mas creio que a biblioteca e sua essência perderam uma boa parte do encanto com a morte da Guita. Toda a minha concepção de vida mudou.

Uma vez, os diretores da Universidade Stanford, dos EUA, estiveram na biblioteca, queriam fazer algo como uma parceria, a biblioteca seria uma sucursal de Stanford, mas para fazer isso eles queriam obter recursos nos EUA. Até aí tudo bem, mas eles ainda esperavam que eu fosse para os EUA ajudar a obter recursos, ou seja, a Stanford não ia colocar nada, não pretendia gastar nada; então pensei que simplesmente não precisava dela. Se um dia fosse doar a biblioteca, seria para uma universidade daqui, e não para universidades de fora. É patrimônio nacional... Por isso decidi doar a Brasiliana da biblioteca para a USP, com a concordância dos meus filhos, e não me arrependo. Precisei lutar muito para conseguir fazer essa doação, foi um processo demorado e penoso, mas no final, bem-sucedido, e assim ficou garantida a continuidade da coleção.

Mas essa já é outra história...

Os dois Josés

José Ephim Mindlin
(São Paulo, 1914 - 2010)

Formado em 1936, pela Faculdade de Direito da Universidade de São Paulo, foi redator d'*O Estado de S. Paulo* (1930-34). Na década de 1940 assumiu a vice-presidência da Congregação Israelita de São Paulo, auxiliando judeus perseguidos por regimes fascistas em alguns países europeus. Em1950 deixou a advocacia e fundou com amigos a Metal Leve S/A, pioneira em pesquisa e desenvolvimento tecnológico, referência na indústria de autopeças, presidindo-a até 1990. A Metal Leve chegou a ter 7 mil funcionários e duas fábricas nos Estados Unidos. Mindlin atuou permanentemente no campo cultural, nas áreas da educação, economia, política, ciência. Na década de 1970, patrocinou a reedição da *Revista de Antropofagia*, a *Revista do Salão de Maio* e a *Verde*, além de livros de arte e literatura, totalizando cerca de 40 títulos. Em 1965, constrói em sua casa o primeiro espaço destinado a abrigar sua vultosa biblioteca, juntamente com Guita, sua esposa, posteriormente consolidada por seus filhos. Foi Secretário da Cultura, Ciência e Tecnologia do Estado de São Paulo (1975-76) e, durante muito anos, atuou na FIESP. Ao mesmo tempo, promoveu melhorias na Pinacoteca do Estado, no Arquivo Público e na Orquestra Sinfônica do Estado de São Paulo. Abandonou o cargo no ano seguinte, em protesto contra o assassinato do jornalista Vladimir Herzog (1937-1975), por ele escolhido para ocupar o cargo de chefe do Departamento de Jornalismo da TV Cultura. Participou dos Conselhos da Fundação Vitae, dos Museus de Arte Moderna do Rio de Janeiro, de

São Paulo e de Nova York. Foi membro emérito da Diretoria da John Carter Brown Library, uma das principais bibliotecas do mundo de livros raros sobre as Américas, além da Associação Internacional de Bibliófilos, com sede em Paris. Recebeu os títulos de professor honorário da Escola de Administração de Empresas de São Paulo, da Fundação Getúlio Vargas, e os de doutor *honoris causa* em Letras pela Brown University, Universidades de Brasília, da Bahia, de Tocantins e de São Paulo. Foi membro honorário do Instituto Histórico e Geográfico Brasileiro, sócio-correspondente do Instituto Histórico e Geográfico de Pernambuco e da Academia de Letras da Bahia. Recebeu o Prêmio Juca Pato como Intelectual do Ano de 1998, na Categoria Cultura, e a Medalha do Conhecimento, pelo Ministério de Desenvolvimento, Indústria e Comércio Exterior, com apoio do CNI e Sebrae Nacional, além do Prêmio João Ribeiro da Academia Brasileira de Letras, da qual tornou-se membro em 2006. Em maio de 2005, o casal doou cerca de 15 mil obras da Biblioteca Brasiliana para a USP. Em 2013, a Biblioteca Brasiliana Guita e José Mindlin (BBM) foi aberta ao público, com sede própria, na Universidade de São Paulo. Autor de *Uma vida entre livros: reencontros com o tempo* (1997, Edusp/Companhia das Letras) e *Memórias esparsas de uma biblioteca* (2004, Imprensa Oficial do Estado de São Paulo), *No mundo dos livros* (2009, Agir). Lançou em 1998, o CD *O prazer da poesia* e, junto com Antonio Candido e Davi Arrigucci, o CD *João Guimarães Rosa – 7 episódios de Grande sertão: veredas.*

José Carlos Sebe Bom Meihy
(Guaratinguetá, 1943)

Filho de imigrantes libaneses, Sebe cursou, em Taubaté, a Faculdade de Filosofia Ciências e Letras e, em 1970, tornou-se bacharel em Ciências Jurídicas pela Faculdade de Direito. Em 1971, ingressou no programa de pós-graduação do Departamento de História da Faculdade de Filosofia Letras e Ciências Humanas da USP - Universidade de São Paulo, onde se doutorou em 1975. No interior paulista ministrou aulas de História Geral e do Brasil. O Vale do Paraíba se abriu como tema de reflexões que ecoaram ao longo de suas atividades docentes e de pesquisas. A cultura popular sertaneja, a imigração para o interior, o trânsito cultural identitário e as relações de classe em sociedade em transição de polos agrícolas para industriais foram alguns dos assuntos estudados. Sem deixar de lado aspectos regionais, dedicou-se a trabalhos ligados a literatura, em particular a Monteiro Lobato e a Carolina Maria de Jesus. A atenção voltada à problemática social levou-o a pensar em alternativas abrangentes de estudos contemporâneos enfocando gênero, racismo, tráfico de pessoas. Aspectos ligados à memória se impuseram, assim como as relações entre esta e a história. A produção documental feita por meio de entrevistas exigiu acuidade com a experiência relatada na primeira pessoa e vertida do oral para a escrita. Na Faculdade de Filosofia Ciências e Letras de Taubaté, atuou na disciplina História Ibérica até 1983. Na USP, na mesma área, foi assistente voluntário (1971- 75), professor assistente (1975-78), livre-docente (1989) e professor associado em 1990, ano em que se tornou titular até sua aposentaria em 1999. Foi Diretor do Interuniversity Study Program (ligado a Universidade de Indiana de 197-83 e a Universidade Stanford de 1984-90). Teve experiências docentes na Unirio e na Unigranrio, no Rio de Janeiro. Atuou como professor/pesquisador visitante em diversas universidades no exterior, como Stanford, Miami e Columbia, nos Estados Unidos; Universidad Nacional de Colombia e Pontificia Unviversidad, em Bogotá; e na Universidade Agostinho Neto, em Angola. Pioneiro nos estudos de história oral no Brasil, foi um dos idealizadores da Associação Brasileira e História Oral (ABHO). Desde a fundação (1991) é coordenador do Núcleo de Estudos em História Oral da USP (NEHO-USP), onde orientou mais de 50 dissertações e teses no campo da oralidade. Preocupado em inscrever a memória de transmissão oral em ambientes de recepção ampla, tem se dedicado à história pública e principalmente à história oral aplicada. Tem várias publicações como *A colônia brasilianista* (Nova Stella, 1991); *Manual de história oral* (Loyola, 5ª edição); *Cinderela Negra: a saga de Carolina Maria de Jesus* (EdUFRJ, 1994); *Brasil fora de si* (Parábola Editorial, 2004); pela Contexto, *História oral como fazer, como pensar* (2007), *Guia prático de história oral* (2011) e *Memória e narrativa: história oral aplicada* (2020 e *Silvio Tendler: catálogo indisciplinado* (Lacre, 2020).

Nosso agradecimento carinhoso a Jacó Ginsburg, com imensa saudade, e à sua companheira, Gita Ginsburg, entusiastas do projeto desde o início, que com sua amizade e sabedoria sobre livros e edições nos estimularam a publicá-lo. Duas grandes figuras unidas a José Mindlin por amizade e parceria de vida inteira e, para a nossa geração, professores de um arco-íris de assuntos.

Agradecemos também à Imprensa Oficial do Estado de São Paulo e à BBM (Biblioteca Brasiliana Guita e José Mindlin), que acolheram e plantaram essas sementes de amor aos livros.

E a Marisa Lajolo, Plinio Martins Filho e Cecília Scharlach, pela leitura cuidadosa do texto.

Betty, Diana, Sergio e Sonia Mindlin

ÍNDICE ONOMÁSTICO

As páginas referentes às legendas estão em itálico.

Biblioteca da Imprensa Oficial do Estado de São Paulo
Ivone Tálamo - Bibliotecária CRB 1536/8

Mindlin, José; Meihy, José Carlos Sebe Bom

Conversa de dois Josés/ José Carlos Sebe Bom Meihy entrevista José Mindlin. - [São Paulo: Imprensa Oficial do Estado de São Paulo; 2020]

ISBN 978.85.401.0182-1

1. Mindlin, José 1914-2010 - Entrevistas 2. Bibliófilos - Brasil 3. Bibliotecas - História - Brasil 3. Biblioteca Brasiliana Guita e José Mindlin I. Título

CDD 027.18 1

Índice para catálogo sistemático:
1. Bibliotecas: História; Brasil 027.1

Foi feito o depósito legal
na Biblioteca Nacional.
(Lei nº 10.994, de 14.12.2004)
Impresso no Brasil 2020

Imprensa Oficial do Estado de São Paulo
Rua da Mooca 1921 Mooca
03103 902 São Paulo SP Brasil
sac 0800 0123 401
www.imprensaoficial.com.br

TIPOLOGIA American Typewriter/Century Gothic PAPEL capa cartão triplex 250 g/m² Miolo pólen soft 80 g/m² formato 14 × 24,5 cm PÁGINAS 184

IMPRENSA OFICIAL
DO ESTADO DE SÃO PAULO

CONSELHO EDITORIAL
Andressa Veronesi
Flávio de Leão Bastos Pereira
Gabriel Benedito Issaac Chalita
Jorge Coli
Jorge Perez
Maria Amalia Pie Abib Andery
Roberta Brum

COORDENAÇÃO EDITORIAL
Cecília Scharlach

EDIÇÃO
Andressa Veronesi

ASSISTÊNCIA EDITORIAL
Francisco Alves da Silva

REVISÃO
Carla Fortino

PROJETO GRÁFICO
Diana Mindlin

REPRODUÇÃO E TRATAMENTO DAS IMAGENS
Lucia Mindlin Loeb

CRÉDITOS DAS FOTOS
p. 59: peça *Juno e o pavão* do livro *Imagens do teatro paulista*, p. 243, Imprensa Oficial do Estado de São Paulo/Centro Cultural São Paulo, 1985
Capa e p. 63: Ephim Henrique Mindlin
p.64: coleção particular; p. 77: Atelier Fotográfico Nico Joffe
Páginas 109, 111, 126-127, 132, 170: Lucia Mindlin Loeb
p. 123: foto Plinio Doyle e Mindlin – Carlos Ltda.
p. 172: acervo do autor
As demais: acervo família Mindlin

IMPRESSÃO E ACABAMENTO
Imprensa Oficial do Estado S/A – IMESP

GOVERNO DO ESTADO DE SÃO PAULO
Governador
João Doria
Vice-governador
Rodrigo Garcia

IMPRENSA OFICIAL DO ESTADO DE SÃO PAULO
Diretor-presidente
Nourival Pantano Júnior